이형석 퓨전 판타지 장편소설

WISHBOOKS FUSION FANTASY STORY

스킬의 제왕

스킬의 제왕 7

이형석 퓨전 판타지 장편소설

초판 1쇄 찍은 날 | 2018년 2월 20일
초판 1쇄 펴낸 날 | 2018년 2월 27일

지은이 | 이형석
펴낸이 | 예경원

기획 | 위시북스
편집책임 | 이규재
편집 | 이즈플러스

펴낸곳 | 예원북스
등록번호 | 제396-2012-000132호
등록일자 | 2012. 7. 25
KFN | 제1-214호

주소 | 경기도 고양시 일산동구 호수로 646-24 위너스21 II 빌딩 206A호 (우)10401
전화 | 031-819-9431 팩스 | 031-817-9432
E-mail | yewonbooks@naver.com

ⓒ이형석, 2017

ISBN 979-11-6098-822-2 04810
    979-11-6098-466-8 (set)

이형석 퓨전 판타지 장편소설

WISHBOOKS FUSION FANTASY STORY

스킬의 왕
제

7

Wish Books

스킬의 제왕

CONTENTS

55장 비전의 샘　　　　　　　　　7

56장 마력 통치자(Mana Ruler)　　　61

57장 공략 준비　　　　　　　　　113

58장 회색 교장 공략　　　　　　　145

59장 전쟁의 서막　　　　　　　　215

60장 출진(出陣)　　　　　　　　　243

61장 행운(Luck)　　　　　　　　273

62장 하오관 전투　　　　　　　　301

55장
비전의 샘

"정말…… 여기서 헤어져도 괜찮습니까?"

"지금 날 걱정하는 거야?"

"하, 하하. 아닙니다. 제가 주제넘은 짓을 했습니다."

무열은 강건우의 말에 피식 웃었다.

솔직히 처음 그가 행선지를 얘기했을 때 놀라지 않을 수 없었다.

금역(禁域).

세븐 쓰론에서 절대로 가서는 안 될 몇몇 장소. 그중의 하나인 비전의 샘.

지금까지 살아서 돌아온 자가 없다고 알려진 그곳은 제대로 된 정보가 없는 외지인들에게는 죽음의 장소로 불리기도 했다.

'안티홈에서 우월한 눈을 얻지 못했다면 비전의 샘은커녕 그 전에 죽음을 면치 못했겠지.'

무열은 로어브로크를 사냥한 뒤에 강건우가 녀석의 심장과 털을 도축하는 동안 단순히 그것을 구경하고만 있던 게 아니었다. 아티스 카레쉬가 퍼밀리어로 자신들을 염탐한 것처럼 그 역시 마법을 통해 그를 살폈다.

상아탑에 걸려 있는 보호 마법은 빈틈이 없다고 알려져 있을 만큼 탄탄한 것이었지만 안티홈에 숨겨진 세 개의 마법 중 하나인 우월한 눈은 그런 상아탑의 보호 마법조차 꿰뚫어 보았다.

그곳에서 확인한 광휘병사. 이미 완성했을 거라곤 생각하지 못했지만 그보다 무열을 더 놀라게 한 것이 있었다.

'알른 자비우스.'

소문으로만 무성했던 7인의 원로회의 장로가 정말로 존재했다는 사실.

'어디, 태초부터 살아 있었다는 전설에 걸맞은지 확인해 볼까.'

무열은 걱정스러운 표정으로 자신을 바라보는 강건우의 시선을 느끼고는 생각을 잠시 멈추었다.

"아니, 그다지 싫은 건 아니다."

쑥스러운 말을 해서 그런지 잔뜩 긴장을 하고 있던 강건우는 그의 대답에 그제야 머리를 긁적이며 고개를 끄덕이고는 말했다.

"그럼, 모란 초원에서 다시 뵙죠."

서리고원의 초입.

살을 에는 듯한 추위가 마치 꿈처럼 느껴졌다.

강건우는 다행히 무열이 알려준 대륙에서 가장 깊은 물웅덩이이자 로어브로크의 털을 굳힐 수 있는 '얼음 심장'이 고원입구에서 멀지 않다는 것에 안도했다. 아직도 눈보라가 치는 정상에 있어야 한다고 생각하자 저절로 몸이 떨렸다.

"그러지."

무열은 고개를 끄덕이고는 그가 있는 곳 반대 방향으로 걸어갔다.

서리고원의 길을 따라 펼쳐져 있는 숲은 일반적인 푸른 잎의 나무로 이루어진 곳이 아니었다. 붉고 검은 나무들이 을씨년스럽게 자라나 있는 어둠의 숲.

'저 안에 비전의 샘이 있다.'

과연 저 안에 무엇이 더 있을까.

15년 동안 세븐 쓰론에 살며 종족 전쟁을 겪었던 무열조차 알지 못했다. 그때까지도 여전히 비전의 샘은 베일에 싸인 곳이었으니까.

무열은 나지막하게 숨을 고르고 천천히 발걸음을 떼었다.

"아."

그 순간, 무열은 뭔가 생각났다는 표정으로 고개를 돌렸다.

"강건우."

"네?"

"따뜻하게 하고 가는 게 좋을 거다. 얼음 심장은 서리고원보다 배는 더 차가운 물로 가득하니까."

"……엑."

그의 표정이 볼만한 듯 피식 웃으며 긴장을 풀며 무열은 미지의 영역에 첫발을 들여놓았다.

절묘하다.

아티스 카레쉬는 지금 이 상황을 이 말 말고는 다르게 표현할 수 없을 것 같았다.

'분명 상아탑으로 왔다면 필시 죽음을 면치 못할 것이다.'

우연인지 계획된 것인지는 알 수 없지만 어쨌든 그의 눈엔 적어도 지금 당장 무열이 악수를 피했다는 것은 분명했다.

알른 자비우스는 자신이 만든 광휘병사를 사용하려고 했었다. 하지만 무열이 비전의 샘에 들어가는 바람에 그의 계획은 모두 무산이 되고 말았다.

그러나 위대한 마법사인 알른이 고작 몇십밖에 되지 않는 병사를 이동시키는 것은 어려운 일이 아니다.

'문제는 비전의 샘이지.'

아티스 카레쉬는 조심스럽게 알른을 바라봤다.

"건방진 놈…… 감히."

이를 갈며 욕지거리를 하는 노마법사의 모습은 결코 보기 좋은 게 아니었다.

콰아앙!!!

하지만 주위의 시선 따위는 아랑곳하지 않는 듯 알른 자비우스는 이를 바득 갈며 바닥을 내려쳤다.

무한한 마력을 담고 있다는 비전의 샘.

'7인의 원로회가 영생에 가까운 힘을 얻고 있는 것 역시 그 때문이라는 소문이 있을 정도다.'

문제는 그런 엄청난 양의 마력이 담겨 있는 샘이었기 때문에 오히려 마법의 영향에 취약했다.

상아탑의 보호 마법보다 더 강한 마법이 잔뜩 걸려 있었기 때문에 대규모 이동 마법을 펼치는 순간 비전의 샘에 있는 마력 역장이 역류해서 오히려 샘이 엉망이 될 수 있었다.

'결국 광휘병사들을 움직일 수 없다. 당장 강무열을 막기 위해서는 결국 알른 자비우스, 당신 혼자 비전의 샘으로 이동해야겠지.'

아티스는 인상을 잔뜩 구긴 채로 화를 억누르기 힘든 듯 부르르 떠는 그를 바라봤다.

'하지만……'

그렇다 하더라도 명실상부 금역이라고 불리는 비전의 샘이었다. 아티스 카레쉬조차도 들어가 보지 못한 곳.

'알른 자비우스, 저 너구리 같은 늙은이가 비전의 샘에 아무런 방비도 해놓지 않았을 리 없다.'

그 혼자뿐만이 아니라 7인의 원로회에게 가장 중요한 장소였으니 말이다.

'뭔가 믿는 구석이라도 있는 거냐, 강무열.'

"당장 떠난다. 아티스, 상아탑의 마법진을 준비해라."

"알겠습니다."

계단을 올라가는 알른의 뒷모습을 보며 아티스는 생각했다.

'네가 만약 알른 자비우스와 조우하고도 살아 돌아온다면…… 그때는 널 따르지.'

꿀꺽.

그는 들고 있는 얼음발톱을 잡은 손에 힘을 주며 긴장된 마음에 자신도 모르게 마른침을 삼켰다.

저벅저벅.

얼마나 오랫동안 숲을 걸었을까.

귀곡성 같은 음산한 소리만이 낮게 깔린 어둠 속 숲은 무열이라도 불안하게 만들기 충분했다.

[정령계조차도 이 정도로 마력이 짙지 않은데. 여긴 마치 공기까지도 마력을 압축시켜 놓은 것 같군.]

쿤겐은 숲에 들어오자마자 머리가 아플 정도로 진한 마력의 향기에 놀란 듯 말했다.

"무…… 우…….""

아키는 숨을 쉬기 곤란한 듯 연신 무열의 다리에 코를 비볐다.

"몬스터 하나 없군."

[당연하지. 이 정도의 마력 농도라면 중급 이상의 몬스터도 살아 있을 수 없을걸.]

그때였다. 무열이 발걸음을 멈추며 검지로 콧등을 쓸었다. 그가 낮은 목소리로 중얼거렸다.

"피 냄새…….""

짙은 마력 속에서 희미하게 느껴지는 피비린내. 7인의 원로회의 대장로인 알른 자비우스의 거처에서 피비린내가 난다는 것은 이상한 일이었다.

'뭐지……?'

무열이 고개를 꺾었다. 길이 나 있지 않은 숲임에도 불구하고 묘하게 그의 시선을 끄는 곳이 있었다.

스르릉.

알 수 없는 긴장감.

그는 두 자루의 검을 뽑았다.

[왜 그러지?]

"잠시……."

쿤겐이 무열을 향해 물었지만 딱딱하게 굳은 표정으로 그는 풀숲을 헤쳤다. 그리고 그의 두 눈에 들어온 광경. 무열은 할 말을 잃은 듯 입을 다물지 못한 채 그대로 굳어버리고 말았다.

[이게 무슨……?]

정령왕인 쿤겐마저도 눈앞에 펼쳐진 모습을 보고는 신음을 금치 못했다.

[크륵…… 크르륵…….]

[꾸루룩…… 꾸르르륵…….]

[꽤에에엑……!!]

돼지 멱을 따는 듯한 괴상한 소리가 들렸다.

숲 안쪽, 마치 우리처럼 결계가 채워진 곳에 모여 있는 괴상한 생명체들. 저마다 모습은 달랐지만 하나같이 이 세계에서 볼 수 있는 것이 아니었다.

고통에 몸부림을 치며 우리 안에서 바둥거리는 괴물들의 등엔 링거 줄 같은 투명한 호스가 여러 개 박혀 있었다.

주르륵.

주르르륵.

박혀 있는 수십 개의 호스 안으로 진득한 진액 같은 것이 괴물의 등에서 뽑혀 커다란 웅덩이 안으로 들어가고 있었다.

액체가 몸 안에서 뽑힐 때마다 괴물들은 고통스러운 비명을 질렀다. 그러다 이내 힘이 빠진 듯 너부러져서는 그저 괴로운 숨만을 토해낼 뿐이었다.

커다란 웅덩이 안에서 진한 마력이 느껴졌다. 무열은 그게 무엇인지 직감했다. 아니, 알 수밖에 없는 상황.

빠득.

자신도 모르게 이를 갈며 그는 나지막한 목소리로 말했다.

"비전의 샘이 이런 곳이었나……."

우리 안에 갇힌 괴물들의 정체가 무엇인지 무열은 알고 있다. 세븐 쓰론에서는 볼 수 없지만 종족 전쟁이 시작되고 숱하게 봐온 괴물이었으니까.

마족(魔族).

어째서 이곳에 들어오자마자 진한 마력이 느껴졌는지 알 수 있었다. 원로회, 그들은 마족의 몸에서 직접 마력을 뽑아 샘을 만들었고 그 마력을 통해 영생에 가까운 엄청난 힘을 얻고 있었던 것이다.

제아무리 적이라고 하더라도 인간이 했다고 하기에는 너무나 끔찍한 광경.

무열은 들고 있는 검으로 마족에게 박혀 있는 호스를 잘라 버리려 했다.

"그만. 그건 자르지 않는 게 좋을걸. 그리고 더 이상 보지 않는 게 정신 건강에 이로울 거야, 강무열."

"……!!"

그 순간, 자신의 등 뒤에서 들려오는 목소리에 황급히 무열이 고개를 돌렸다. 그는 기척을 느끼지도 못했다.

"걱정 마. 네가 걱정하는 알른은 아니니까. 나는 녀석과 달리 너에게 무척이나 흥미가 있거든."

남자는 무열의 어깨에 손을 얹었다.

"네가 이곳에 온다는 얘기를 듣고 얼마나 흥분이 되었는지 말이야. 알른, 그 노망난 늙은이에게 제대로 한 방 먹여줬으니까."

"너…… 누구냐."

"하지만 아직 끝나지 않았지. 고작 빈집에서 좀도둑처럼 뭔가를 훔치려고 한 건 아닐 테고. 그렇다고 마력 노예가 된 마족들이 불쌍해서 구해주려는 건 더더욱 아니지."

그러고는 무열의 주위를 한 바퀴 돌고서 족쇄에 묶여 있는 마족의 머리를 쓰다듬었다.

[크룩…… 크룩……]

"역겹지. 알아. 나도 그렇게 생각한다."

남자는 죽어가는 마족을 바라보며 차가운 눈빛으로 말했다.

"보시다시피 이 제물들을 죽인다고 해도 비전의 샘이 사라지는 건 아냐. 원로회의 늙은이들이야 어차피 가지고 있는 마력이 있으니, 그사이 새로운 제물을 다시 채워 넣으면 그만이다. ……그래서 제안을 하지."

그는 의미심장한 웃음을 지으며 말했다.

"한 번쯤은……."

자신의 이마에 손을 가져가며 톡톡 쳤다.

"힘이 아닌 머리로 문제를 해결해야 할 때도 필요하지 않을까?"

"그게 무슨……?"

"권좌에 오르려는 남자라면 말이야."

그렇게 말하며 그는 가볍게 손가락을 튕겼다. 그러자 뒤쪽의 수풀이 갈라지며 그곳에서 또 한 명의 사람이 튀어나왔다.

"넌……!!"

"어때, 목숨을 걸고 내기를 한번 해보는 게. 알른 자비우스는 결코 쉬운 상대가 아니니까. 두 사람이 함께 머리를 맞대보라는 내 배려지."

남자는 이 상황을 즐기는 듯 자랑스럽게 말했다.

"비전의 샘은 없어져야 한다. 처음부터 샘은 신이 만드신

영혼 샘, 단 한 개뿐인 것. 인간이 영혼 샘을 따라서 만든 이건 용납할 수 없다."

무열은 믿을 수 없다는 듯 눈앞에 여자를 바라봤다.

"물론, 너 역시."

"네가 어떻게 여기에 있는 거지?"

"당연한 걸 묻는군. 신께서 내게 기회를 주신 거지."

이해가 가지 않았다. 이곳은 금역. 자신의 기억 속에서는 그녀가 이곳에 발을 들여놓은 적이 없었다.

무열은 자신을 차갑게 바라보는 푸른 사자의 수장의 이름을 말했다.

"라엘 스탈렌."

"트라멜에서의 일은 보았다. 용케도 그런 일을 해냈더군. 너와 공동전선을 펼치는 건 마음에 들지 않지만…… 7인의 원로회 같은 더러운 일엔 네 녀석만큼 적합한 도구도 없겠지."

그녀는 마치 말도 섞고 싶지 않다는 표정으로 무열을 잠시 바라보다 고개를 돌렸다.

"이봐."

놀라움의 연속이었지만 오히려 이렇게 닥치니 어처구니가 없었다. 무열이 남자를 향해 말했다.

"너, 이름이 뭐야."

[디아고. 신의 대리자 세븐 쓰론이 흘러가는 가장 큰 물줄

기를 조율하는 안내자이다.]

순간, 그의 목소리가 변했다. 자부심 가득한 태도로 그는 가슴을 높게 올렸다.

"……신의 대리자?"

디아고의 말을 듣는 순간 무열은 악마군 8대 장군 중 하나였던 아자젤을 만났을 때 그가 했던 말을 떠올렸다. 분명, 그가 말하길 이 세계에도 신의 대리자가 갔을 것이라고 했었다.

"그렇군. 그게 네놈이군."

하지만 그런 디아고의 모습에도 불구하고 무열은 그저 고개를 끄덕일 뿐이었다.

"한마디로 말해서 네 녀석이 원하는 대로 역사를 만들기 위해서 지금 이렇게 라엘을 이곳에 불렀다?"

디아고는 예상치 못한 그의 반응에 가볍게 눈썹을 찡긋거렸다.

"미친. 뭐? 힘이 아닌 머리를 써라?"

[……뭐?]

"이런 녀석들에겐 그딴 자비는 필요 없다."

무열의 두 검에서 강렬한 뜨거운 화염이 솟구쳐 올랐다.

"머리를 쓸 만큼의 가치가 있는 상대가 아니니까."

좌아아악———!!!

우리 안에 있는 괴물들의 등에 박힌 호스를 무열은 인정사정없이 베어버렸다.

"라엘, 네 말대로 샘은 파괴한다. 하지만 죽고 싶지 않으면 꺼져라."

호스에서 빠져 나오는 마력의 진액이 바닥을 적시며 새하얀 연기를 뿜어냈다.

디아고는 그 순간 뭔가 잘못되었다는 것을 감지했다. 어째서 자신의 어머니인 락슈무가 강무열에게만은 모습을 드러내지 말라 명했는지를 어렴풋이 알 것 같았다.

안개가 낀 것처럼 새하얀 연기로 가득 찬 숲 안에서 무열의 차가운 목소리가 들렸다.

"알른이고 네년이고 모두 베어버릴 테니까."

"지금…… 뭐라고 했지? 강무열."

"귀가 먹었나? 네놈도 똑같이 베어주겠다고 했다."

"이 자식이……!! 누구는 네가 좋아서……."

콰아악－!!!

라엘 스탈렌의 말은 끝까지 이어지지 못했다. 무열은 그녀의 멱살을 잡아 자신 쪽으로 확 당겼다.

"지금 네가 하는 이 일도 신탁이라 생각하나? 그렇겠지. 신의 대리자라는 허울 좋은 놈의 말이니까."

"이익……!!"

그녀는 신탁의 세 가지 능력을 부여받은 능력자이지만 개인 자체의 전투 능력은 그다지 높지 않다. 하지만 뒤틀린 권능이라는 '불사(不死)'의 능력을 가지고 있기에 이 자리에서 죽인다 한들 그녀는 또다시 살아날 것이다.

"하지만."

그런 존재이기 때문에 더 확실한 공포를 심어줄 수 있다.

"정말로 죽고 싶을 정도로 계속해서 죽여주마."

"……."

라엘 스탈렌은 무열이 하는 말이 농담이 아니라는 것을 알았다.

죽는다.

아니, 그의 말대로 죽고 싶을 만큼 죽음과 부활을 반복하는 끔찍한 상황이 될지도 모른다.

"이, 이거 놔……!!"

그녀는 황급히 무열의 손을 뿌리치며 뒷걸음질 쳤다.

"이봐, 정신 차려라. 너 역시 이곳으로 징집된 지구인 중 한 명이다."

"그게 뭐?"

"우리의 삶은 엉망이 되었다. 서로 죽고 죽이지 않으면 안 된다. 그런데도…… 진심으로 신의 뜻이라 생각하느냐."

"닥쳐……. 너 따위가 뭘 안다고……."

무열에게 잡혔던 목덜미를 어루만지면서 라엘 스탈렌은 무열의 말에 콧방귀를 뀌며 그를 차갑게 노려봤다.

"……."

모든 삶이 행복할 순 없다. 어쩌면 그녀의 말대로 지구에서의 삶보다 이곳에서의 삶이 더 좋은 사람도 있을 것이다.

그녀 자신조차도 지구에서의 삶이 어쩌면 끔찍했을 수도 있고 그걸 무열이 알 리는 없다.

하지만 그렇기 때문에 태어나는 것이다.

광신도(狂信徒).

지금 삶을 피하기 위한 맹목적인 믿음.

무열의 눈에 보이는 그녀의 모습은 그 이상도 그 이하도 아니었다.

"그래, 그렇다면 나 역시 지구가 아닌 세븐 쓰론을 살아가는 한 사람으로서 얘기하지."

그 순간, 무열의 눈빛이 날카롭게 빛났다.

마치 검에 베인 것처럼 라엘 스탈렌은 오금이 저리는 기분이었다.

"네가 덩굴언덕에서 리앙제에게 했던 짓을 아직 난 기억하고 있다."

꿀꺽.

분명 거리가 떨어져 있음에도 불구하고 그녀는 무열이 당장에라도 다시금 자신의 목덜미를 낚아챌 것 같은 기분이 들었다.

"그리고 똑같이 해줄 거다, 너에게."

무열은 고개를 돌려 디아고를 바라봤다.

"이봐, 네가 어떤 존재인지 알 바 아니다. 신의 대리자라면 오히려 이 뭣 같은 상황을 만든 신을 따르는 놈이라면 너 역시 마찬가지일 뿐."

[하…… 하하.]

디아고는 무열의 경고에 어이가 없다는 듯 피식 웃었다. 지금껏 그 누구도 이런 식으로 자신을 대한 적이 없었으니까.

제안에 대한 거부. 기분이 나쁘지만 그건 충분히 있을 수 있는 일이다. 윤선미를 비롯해 몇몇 사람이 자신의 제안을 거절했다. 가끔 그런 자들을 보며 인간이란 존재의 심지가 생각보다 대단하다는 걸 새삼 느꼈었다.

하지만, 강무열의 태도는 완전히 다르다. 단순한 거절이 아닌, 오히려 그런 제안을 하는 자신에게 검을 드리우고 있으니까.

[건방지군.]

무열에 대한 디아고의 감상은 딱 한 줄로 충분했다.

[네가 엄청난 줄 알겠지만 이 대륙엔 너보다 뛰어난 자가 많다. 알른 자비우스의 힘은 너희들의 기준으로 S급에 가깝다. 날고 긴다 하더라도 네가 그를 이길 수 있는 방법은 없어.]

"알고 있다."

[그런 주제에 원로회를 무너뜨린다? 내가 라엘 양을 데리고 온 것은 그녀만이 할 수 있는 방법이 있기 때문이다.]

"언제부터 신이 우리가 하는 일에 이렇게 관여했지? 아니면 신과는 상관없이 네 스스로 움직이는 건가?"

무열은 디아고를 향해 말했다.

"그렇게 우리 일에 관심이 있으면 너 역시 나와 권좌를 다퉈보든가."

실로 어처구니가 없을 정도의 당당함. 마치 그 눈빛은 단순히 권좌가 아닌 그보다 더 높은 곳을 향해 있는 것 같았다.

"네가 말하지 않아도 방법은 내가 스스로 찾는다. 원로회를 무너뜨리는 일이 꼭 모두를 죽이는 것만이 아니니까."

[그럼……?]

"그건 내가 너에게 알려줘야 할 이유는 없지."

콰악……!!

무열은 디아고의 옆을 지나치며 우리 안에 있는 괴물의 목덜미에 검을 박아 넣었다. 녀석은 비명조차 지르지 못하고 그대로 바닥으로 고꾸라졌다. 마력이 주입되던 호스가 모두 잘려 나가자 비전의 샘의 색깔이 탁하게 변했다.

[훗…….]

순식간에 흙탕물이 되어버린 샘을 바라보며 디아고는 씁쓸한 표정으로 피식 웃었다.

'강무열…… 그래, 어디 한번 해봐라. 비전의 샘의 진짜 모습을 보고 절망하는 얼굴을 보는 것도 재밌겠지.'

그때였다.

"대리자님이시여…… 그럼, 저는 이제 무엇을…….''

조금 전과는 달리 기어들어 가는 목소리로 라엘 스탈렌이 디아고의 뒤에서 조심스럽게 말했다.

꽈아악-!!

디아고는 인상을 구기며 그녀의 머리채를 사정없이 잡아당겨서 자신 쪽으로 끌어당겼다.

"아아악……!!"

그녀의 비명에도 아랑곳하지 않고 그는 날카로운 송곳니를 보이며 으르렁거리듯 말했다.

"아…… 아흑."

어찌나 세게 잡아당겼는지 그녀의 눈가에 눈물이 맺혔다.

"닥쳐. 쓸모없는 것. 네년은 이제 내가 시킨 일이나 똑바로 해라. 그러고 나서는 얌전히 신탁을 기다리기만 하면 된다."

"네, 네, 그렇게 하도록 하겠습니다!!"

디아고는 넙죽 엎드려 반항은커녕 그저 자신의 명령을 기다리는 그녀의 모습을 보며 만족스러운 듯 입꼬리를 올렸다.

그래, 이거였다. 자신에게 인간이란 존재의 가치는 딱 이 정도였다.

'건방진 새끼.'

디아고는 무열이 들어간 길목을 바라보며 낮게 이를 갈았다.

[신의 대리자라……. 나 역시 처음 들어본다. 그런 존재가 있는지는 모르겠군.]

"그래?"

[하지만 어느 정도 감은 오는군. 아마도 그녀의 아이들이겠지. 너희들의 주신이 락슈무라고 했지?]

"주신이라고 하지 마라. 그저 우리를 이곳에 끌고 온 빌어먹을 놈일 뿐이니까."

무열의 으르렁거리는 말투에 쿤겐은 피식 웃었다.

[뭐…… 어쨌든 락슈무, 그녀는 자식을 두지 않는 다른 신들과 달리 다산(多産)을 상징하니까. 그녀의 자식들이 각 차원을 돌아다니며 사신 역할을 하거든.]

"그 말은 녀석도 락슈무의 자식 중 하나일 수 있다는 거로군."

[내 생각이 틀리지 않다면 그럴 가능성이 높지. 그런데…….]

"왜?"

[조금 이상했다.]

"뭐가?"

길을 걷던 무열의 발걸음이 잠시 멈추었다.

[내가 알기로 그녀의 자식들은 온전한 신이 아닌 각각의 차원계의 피가 섞인 반신(半神). 즉, 데미갓(Demigod)이다.]

"그게 어때서?"

[반신들은 원칙적으로 자신이 태어난 신에게서 힘을 받는다. 신이 그 힘을 회수해 버리면 힘을 잃고 만다. 즉, 주신에게 절대로 거를 수 없다는 말이지.]

쿤겐은 조금 전 만났던 디아고의 모습을 떠올렸다.

[그런데 그 녀석이 내뿜는 기운…….]

무열이 그에게 정체를 물었을 때 목소리에 담긴 성질이 바뀌었던 것을 떠올렸다. 숲의 마력 때문에 정확히 느껴지지 않았지만 목소리가 변하는 순간 확실하게 알 수 있었다.

[락슈무의 것만은 아니었어.]

"그게 무슨 뜻이지? 네 말대로 신 이외의 피가 섞인 반신이라면 나머지 피의 힘이겠지."

[그게 아냐.]

쿤겐은 낮은 목소리로 말했다.

[마족이든 악마족이든 심지어 인간이든 결국 반신이란 생명체 안에 신의 힘이 깃드는 거다. 그런데 녀석은…… 하나 이상의 신력이 느껴졌다. 즉, 신의 힘과 육체가 합쳐진 것이 아닌 두 개의 신력, 혹은 그 이상의 숫자가 모여 탄생했을지도

모른다. 나조차도 그런 녀석을 본 적은 처음이야.]

기형(奇形).

쿤겐은 디아고의 모습을 떠올리며 나지막한 목소리로 말했다.

[자신에게 힘을 준 주신의 힘이 온전하게 반신을 장악하지 못했다는 것은 반대로 말하면 그 힘을 거스를 수 있다는 것이겠지.]

데미갓이 신에 필적한 힘을 가지면서도 인간보다 위대할 수 없는 이유.

자율 의지(自律意志).

그것이 없기 때문이다. 오로지 자신을 만들고 자신을 탄생시킨 신의 의지를 따라야만 했다.

[반면 인간은 다르지. 손가락으로 짓누르면 죽어버릴 것 같은 나약한 존재면서도 단 한 명도 사실상 신이 마음대로 할 수 없거든.]

"……."

무열은 고개를 끄덕였다. 분명 라엘 스탈렌과 같은 광적으로 신을 섬기는 사람들도 신이 원해서가 아닌 스스로 원해서 그런 것이니까.

[그런 의미에서 디아고는 분명 반신이 절대로 가질 수 없는 자율 의지를 가질 수 있다는 뜻이다.]

"그게 문제가 될까?"

[생각 여하에 따라서.]

쿤겐은 마치 무열에게 그에게만 말하는 것처럼 속삭이듯 나지막한 목소리로 말했다.

[그 의지는 인간과 마찬가지로 녀석에게도 신에게조차 반할 수 있는 의지를 주는 것.]

"그 말은 곧 지금 저 녀석이 하는 행동이 어쩌면 락슈무의 의사와는 상관없는 것일지도 모른다는 말인가."

[그럴 수도 있고 아닐 수도 있고.]

"주의할 필요가 있다는 말이군."

무열은 뇌격과 뇌전을 잡은 손에 힘을 주었다.

"하지만 녀석이 신을 거절(拒絶)하는 나와 같은 목적이 있다 하더라도 아마 나와 함께할 가능성은 없을 거다."

그가 인간을 바라봤던 눈빛. 마치 하수인을 부리는 듯한 그 모습은 절대로 잊을 수 없으니까.

"그게 설령 반신(半神)이라 할지라도 내 사람을 건드린다면."

쿤겐은 한 치의 망설임도 없는 무열의 모습에 가볍게 웃었다.

[하긴, 그러고도 남을 놈이지. 이미 정령왕인 나뿐만 아니라 마족과 악마족까지 만났지만 한 번도 꺾이지 않았으니, 데미갓이라 해도 뭐 다르겠나.]

"흥……."

[그보다 이제 어떻게 할 생각이지?]

저벅, 저벅, 저벅.

어느새 숲 가장 안쪽까지 다다른 무열의 눈앞에 펼쳐진 것은 거대한 호수였다. 그 앞에 작은 집 하나가 있었다.

그 모습을 보며 무열은 자신의 예상이 맞았다는 듯 고개를 끄덕였다.

[설마…….]

쿤겐은 그 광경을 보며 놀란 듯 말을 잇지 못했다.

"앞에서 봤던 샘은 그냥 웅덩이에 불과하다. 샘의 시작이라고 해야겠지. 확실히 짙은 마력이지만 그 정도의 마력으로는 전설이라 칭하기 어렵지."

[그럼 저게 다……?]

쿤겐이 떨리는 목소리로 말했다.

대륙을 관통하는 가장 큰 강인 포스 나인의 큰 줄기보다도 더 거대한 호수. 마치 바다와 같은 그 모습을 보며 무열이 대꾸했다.

"그래, 저게 진짜 비전의 샘이다."

호수에 옅게 막이 씌워진 듯 보라색의 빛이 물 위를 덮고 있었다.

[저걸 어떻게 부술 생각이지? 아무리 네 힘이라고 해도 마력이 저렇게 담긴 상태라면…….]

"샘을 부순다고 했지 내가 직접 부순다고 하지 않았는데."

[뭐?]

"말했잖아. 원로회를 꼭 죽이는 것만이 원로회를 무너뜨리는 것이 아니듯이."

아리송한 무열의 말에 쿤겐은 그의 말이 이해가 가지 않는 듯 말을 잇지 못했다.

"우선……."

무열은 의미심장하게 웃었다.

그의 시선이 닿은 곳. 호수 앞에 있는 작은 집이었다.

짤그랑—

손을 들어 올리자 손가락 안에서 경쾌한 마찰음이 들렸다.

그의 손에 들려 있는 작은 고리. 로어브로크를 잡고 나온 보상 상자에 있던 물건이라는 것을 쿤겐은 단번에 알아차렸다.

"아마 지금쯤 이동 마법을 실행했을 테니 숲의 초입에 도착했겠지. 시간이 별로 없다. 늙은이가 돌아왔을 때 깜짝 놀라게 해줘야 하니까."

고리를 움켜쥐며 무열은 맛있는 음식을 앞에 두고 입맛을 다시는 사람처럼 살짝 입술을 훔쳤다.

"빈집은 털어줘야 제맛이지."

[빈집털이? 이봐, 너 언제부터 도둑질에 취미가 있었나.]

"그런 거 아니거든? 재미없는 농담은 좀 접어두지그래."

[흥…….]

무열은 그렇게 말하면서도 쿤겐의 말에 피식 웃었다.

[도무지 무슨 꿍꿍이인지 모르겠군.]

지직…… 지직…….

무열은 알른의 거처 가까이로 걸어갈수록 자신을 막아 세우는 반발력을 느꼈다.

"흐음."

들고 있던 검을 과감하게 내려쳤다.

서걱-!!!!

허공에 불과했음에도 뭔가 잘리는 느낌이 났다. 그의 검이 지나간 자리가 일렁이더니 순간 화면이 뒤엉키듯 하다가 액체가 다시 채워지듯 일그러진 공간이 새롭게 만들어졌다.

[신기하군. 딱히 마력이 느껴지는 건 아닌데.]

"꼭 마법 같지?"

[그렇군.]

세븐 쓰론에 존재하는 많은 보호 마법. 최혁수가 쓰는 진법에서부터 주술, 그리고 신전의 신성 마법까지.

"신기루와는 또 다른 마법이군. 마치 경계를 그어놓은 것 같은 느낌이라……."

보호 마법이라고 불리기는 하지만 눈속임에 가까운 신기루(蜃氣樓)는 상아탑에서만 얻을 수 있는 마법이었다. 그리고 안티홈 대도서관에 있는 보호 마법인 실드(Shield) 계열의 흑색 장막(黑色帳幕)은 뛰어난 방어력을 가지고 있는 반면 외부와 내부의 모습을 완전히 차단해 검은 반구 형태가 또렷하게 보인다.

이 두 마법과 전혀 다른 체계. 이런 보호 마법은 무열도 처음 보는 마법이었다.

"뭐, 아무리 그렇다고 해도……."

무열은 자신의 손바닥을 펼쳤다.

[그게 도대체 뭐냐.]

쿤겐은 무열의 말에 다시 한번 되물었다.

"내가 로어브로크를 잡고 나서 얻은 전리품은 두 개. 그중에 하나는 심장이란 걸 너도 알고 있을 거다."

[그렇지. 상아탑에서 그걸 원했잖아.]

"정확히는 아니지. 상아탑의 과제는 자신의 힘을 증명하라는 것이니까."

[그게 그거 아닌가?]

"아니, 어떻게 생각하느냐에 따라서 완전히 달라질 수 있지."

무열은 쿤겐의 말에 가볍게 웃었다.

"나는 아티스 카레쉬에게 신수 사냥을 하겠다고 했지만 그것보다 다른 것을 그가 원한다면 굳이 심장을 쓰지 않아도 충분히 그에게 증명할 수 있는 일이 될 터."

[신수를 사냥하는 것으로 충분히 증명했다고 보는데. 뭐가

더 필요한 거지?]

"물론, 이제 와서는 증명보다 더 중요한 게 생겼지. 알른 자비우스가 움직인 시점에서 말이야. 녀석들은 로어브로크를 사냥했을 때 나올 아이템에 대해서 몰랐을 테니까."

하지만 무열은 알고 있다.

우월한 눈을 통해서 자신의 예상보다 7인의 원로회 중 한 명이 움직였다는 것을 확인한 순간 그의 계획은 변경되었다. 물론, 그 변경된 계획까지도 모두 그의 예상 범위 내에 있던 것이었다.

"여명회와 불멸회는 각기 다른 마도병사를 만들었다. 마법 붕대를 통한 불사의 부대와 황금 심장을 이용해 마법의 무용지물을 통한 대(對)마법사 부대인 광휘병사."

[그런데?]

무열은 아티스 카레쉬가 만든 황금 심장에 대해서 이미 알고 있었다. 종족 전쟁 이후, 여명회의 광휘병사에 대해서 모르는 병사는 없었으니까. 그리고 오직 그만이 특수한 기술로 황금 심장을 만들 수 있다는 것도.

그것이 무열이 아티스 카레쉬라는 마법사를 얻으려는 이유이기도 했다.

"하지만 상아탑의 황금 심장보다 더 강력한 마력 제어가 가능한 아이템이 있지."

[설마…….]

"그래, 바로 로어브로크를 잡고 나온 이것."

무열은 손바닥에 있는 고리를 들어 보였다. 두 개의 원이 걸린 고리에는 작은 이빨 같은 것과 흰색 털이 달려 있었다.

[울부짖는 고원의 정기]

서리고원의 주인, 로어브로크의 기운이 담긴 장신구.

혼백랑의 날카로운 포효가 아직까지 들려오는 것 같다. 영혼마저 날려 버릴 그의 '혼을 갉아먹는 송곳니'가 유지되는 동안은 그 어떤 이질적인 힘도 범접하지 못한다. 오직 원령(怨靈)의 힘만이 그 공간에서 제 힘을 발휘할 수 있다.

등급 : A급(유니크)

분류 : ACC

내구 : 100

사용 제한 : 10/10회

사용 효과 :

  -일시적으로 사용자의 마력 내성력을 무적(無敵)에 가깝게 만든다.(24시간 후 재사용 가능)

  -일시적으로 주위의 모든 마력을 0으로 만든다.(24시간 후 재사용 가능)

"이 고리의 좋은 점은 두 개의 사용 효과를 따로 쓸 수 있다는 거지."

[허어…….]

무열은 과거 알카르의 폭주 이후 이강호가 모든 신수를 사냥했던 것을 기억했다. 그리고 거기서 얻었던 전리품 역시.

'물론, 이걸 이렇게 사용할 거라고는 생각하지 못했지만…….'

계획대로라면 아티스 카레쉬의 황금 심장을 통해 정령술의 또 다른 재료인 순금(純金)을 얻고, 여명회를 자신의 권세 안에 두어 광휘병사를 이용해서 7인의 원로회를 무력화시키려고 했었으니까.

하지만 이미 마력을 무력화시킬 수 있는 능력을 가진 광휘병사가 알른 자비우스의 휘하에 들어간 지금, 상아탑에서 전투를 벌이는 것은 말 그대로 자살행위였다.

'운이 좋았다.'

비록 무열의 힘의 근원이 검술이라고는 하지만 그 파괴력을 증폭시키는 것은 분명 마력이니까.

'하지만 이제 정반대다.'

찌이이이이잉…….

무열이 고리를 움켜쥐었다.

[울부짖는 고원의 정기의 사용 효과가 발현되었습니다.]

[마력 내성력 3,000 Point 상승하였습니다.]

[지속 효과 : 1분]

'1분이라…….'

그다지 긴 시간은 아니었다.

하지만 전투에서 1분은 어떻게 사용하느냐에 따라서 억겁의 시간처럼 길게 느껴질 수도 있다.

지지지직…… 지지지직…….

조금 전까지만 하더라도 마력검으로도 베어지지 않았던 알른 자비우스의 거처에 감싸져 있던 마력 역장을 무열이 손바닥으로 지그시 눌렀다.

느껴지는 반발력.

풍선을 터뜨리듯 보이지 않는 역장을 무열은 두 손으로 짓눌렀다.

저적……! 저저적……!!

사방으로 스파크가 튀어 오르며 공간이 일그러졌다.

무열의 두 손에서 마치 타들어 가는 것 같은 새하얀 연기가 솟구쳐 올랐지만 그는 아랑곳하지 않고 그대로 두 팔에 힘을 주었다.

파스스스슥.

투명한 막을 찢어발기는 순간, 바람이 빠지는 소리와 함께 무열의 앞머리가 가볍게 흔들렸다.

"후우."

무열은 자신의 앞에 떠 있는 남은 시간을 바라봤다.

[00:25:30]

"흠…… 생각보다 시간을 많이 허비했어."

[마력 역장을 손으로 잡아 뜯어버리다니. 항상 생각하지만 너처럼 무식한 녀석은 처음이다.]

"무슨 소리야. 다 계획된 일이었다고. 정확히 고리를 사용해서 역장을 무력화시킨 거라고."

[하? 말은 잘하는군.]

무열은 쿤겐의 말에 피식 웃었다.

역장은 사라졌지만 아직 비전의 샘은 여전히 존재하고 있었고 오히려 역장이 있을 때보다 더 강렬한 마력이 피부로 느껴졌다.

'서둘러야겠군.'

내성력이 사라지면 응축되어 있던 마력이 무열을 짓눌러 버릴 것이다.

팟.

발뒤꿈치에서 튀는 흙과 함께 무열은 있는 힘껏 알른의 거처 안으로 달려갔다.

우우우웅…….

잠시 후, 찢어졌던 마법 역장이 언제 그랬냐는 듯 다시 생성되었고 비전의 샘은 마치 아무 일도 없었던 것처럼 다시 고요함을 되찾았다.

끼이이이익…….

문이 열리고 먼지가 가득 쌓인 집 안에는 여기저기 물건들이 어지럽게 너부러져 있었다.

[이거…… 정말 사용하는 거처가 맞나? 대마법사치고는 집을 관리해 주는 하인조차 없나 보군.]

"일부러 두지 않았을 수도 있지."

[음?]

"마법사는 의심이 많거든. 행여나 자신이 만든 마법 구조를 제자가 필사해서 훔칠 수도 있으니까."

실제로 징집된 마법사 중에 자신의 마법을 공유하는 건 극소수였다. 종족 전쟁이라는 대전쟁을 앞두고 서로의 힘을 합치는 것이 당연해 보여도 정작 자신이 익힌 마법의 약점을 상대방에게 들키지 않기 위해 숨겼으니까.

[의심이라······. 인간이란 참 이상하군. 그 정도의 인물조차 속 좁은 행동을 보이다니.]

"뭐······ 근본은 바뀌지 않는 법이니까."

무열은 알른 자비우스의 거처 안을 훑어보며 말했다.

"그런데······ 요즘 들어 말이 많아진 것 같다?"

[내가? 글쎄······.]

"너 혹시 나에게 조금은 흥미가 생긴 건가."

[홍, 굳이 말하자면 인간이라고 해야겠지.]

쿤겐은 무열의 말을 부정하지 않았다. 확실히 강무열이란 사람의 곁에서 그의 행보를 보며 수많은 군상을 경험하고 그에 대한 호기심이 생겼으니까.

자신을 봉인했던 나머지 정령왕이 오히려 인간에 의해 갇혔다는 사실은 쿤겐에게 인간을 알아야 할 계기를 마련해 줬다.

[안으로 들어오긴 했는데. 이제 뭘 할 생각이지?]

"말했잖아? 빈집털이."

[음······? 진심이었던 거냐?]

"물론."

무열은 쿤겐을 향해 입꼬리를 올리며 웃었다.

"세븐 쓰론에서 가장 뛰어난 대마법사의 집이다. 드래곤의 레어만큼이나 보물이 가득한 곳이라는 말이지."

짱그랑-!!!

무열은 책장에 놓여 있는 플라스크를 팔꿈치로 툭 쳐서 떨어뜨렸다.

유리가 깨지면서 안에 들어 있는 액체가 와르르 쏟아졌다. 쏟아진 액체는 순식간에 연기를 내뿜으며 기화되었다. 새하얀 연기를 보며 무열은 가볍게 어깨를 들썩였다.

"이런."

[…….]

그러고는 다시 한번 몸을 돌리자 들고 있던 검이 이번에는 탁자를 때렸다.

와장창창……!!!

[너 뭐 하는 거냐.]

"레어만큼이나 귀중한 것이 가득 있는 곳이라는 말은 곧 하나라도 부서지면 엄청나게 열 받는 일이라는 말도 되지."

[…….]

콰득---!!

무열이 이번엔 찬장을 베었다. 안에 들어 있는 마법서들이 갈기갈기 잘려 흩날렸다.

'어차피 알른 자비우스의 마법을 내가 배울 순 없다. 토착인의 마법을 배우기 위해서는 단순한 스킬북이 아닌 다른 조

건이 필요하니까.'

자신의 것이 될 수 없다면 과감히 포기할 줄도 알아야 한다.

대신, 이곳에서 그가 얻을 수 있는 것.

그건 알른 자비우스의 분노. 그리고 그로 인한 빈틈.

'지금 내 상황에서 할 수 있는 최선의 방법이다.'

기회는 단 한 번뿐.

무열은 아무 생각 없이 손이 가는 대로 집 안을 엉망으로 만드는 것같이 보였지만 그 와중에도 여전히 고리를 손에서 놓지 않고 있었다.

'상아탑의 광휘병사들은 떼어놓을 수 있었지만 반대로 이곳은 녀석의 아지트. 상아탑에서는 그의 마력이 한정되어 있지만 이곳은 비전의 샘을 통해 무한에 가까운 마력을 가진다.'

최악의 수는 피했지만 여전히 쉬운 상대는 아니다.

'만약 내가 마력 추출을 통해 비전의 샘이 담고 있는 마력을 흡수할 수만 있다면……'

이보다 더 좋은 경우는 없겠지만 대마법사조차도 자신의 몸 안에 담지 못해 샘의 형태로 모아두었다.

과유불급(過猶不及).

자신이 감당할 수 없는 욕심을 부리는 것은 자멸을 뜻한다.

'지금은……'

알른 자비우스에서 살아남아 상아탑을 자신의 것으로 만드는 것이 최우선이었다.

"음……?"

그때였다. 한창 집 안을 난장판으로 부수고 있던 무열의 눈에 들어온 것. 그건 바닥에 떨어진 한 장의 지도였다.

"이건……."

커다란 네모가 그려진 입구에서부터 미로처럼 복잡하게 수십 개의 방이 연결된 모습이 종이 위에 그려져 있었다. 한눈에 봐도 어려운 그 지도였지만 무열은 오히려 낯익은 느낌이었다.

순간, 그의 입꼬리가 천천히 올라갔다.

"재밌는데?"

지도는 완성되지 않았다. 2/3 정도 그려진 지도의 뒷부분엔 지저분하게 펜으로 갈겨놓은 것이 고민의 흔적이 보였다. 하지만 무열의 눈엔 지도의 빈 부분이 선명하게 보였다.

알른 자비우스가 그리다가 만 지도.

회색 교장(灰色敎場).

전생에서 7인의 원로회가 있었다고 알려진 A급 던전이었다.

'그렇게 된 거군. 어쩐지 원로회 중 단 한 명만이 이곳에 떨어져 있는 것이 이상하다 생각했는데……. 천하의 대장로라 불리던 자가 회색 교장에 들어가기 위해 계획을 짜고 있었다라…….'

무열은 단번에 이 상황을 직감했다.

'녀석은 교장에서 쫓겨난 거였어.'

그 순간, 흥미로운 계획이 그의 머릿속에 그려졌고 그는 회심의 미소를 지으며 지도를 움켜쥐었다.

"네놈……!"

그때였다.

"쥐새끼처럼 이런 짓을 하다니……!!!"

콰가가가강———!!!

콰가강——!

저릿저릿할 정도의 강렬한 마력 폭풍이 등 뒤에서 느껴졌다. 단숨에 날아갈 것 같은 엄청난 힘이었지만 오히려 무열은 마치 산들바람을 느끼는 것처럼 가볍게 숨을 들이마셨다.

엉망이 되어버린 방보다 자신을 보고도 여유로운 표정을 짓는 무열 때문에 알른 자비우스는 참을 수 없는 분노로 인상을 구겼다.

"죽여 버리겠……!!"

그때, 들고 있던 지팡이에 마력이 응축되었다. 하나 그는 마법을 시전하지 못했다.

"이봐, 꽤나 고민한 흔적이 역력한데."

"……!!"

"여기에 들어가고 싶나 보지?"

자신의 얼굴 앞에 놓인 한 장의 지도.

펄럭이는 종이를 바라보며 그는 자신도 모르게 마른침을 꿀꺽 삼켰다.

"알른 자비우스, 너야말로 입구에 있던 마력 노예로 전락한 마족들과 다를 바 없군. 여기서 다른 원로들의 마력 관리나 하고 있으니 말이야."

"뭐? 다…… 닥쳐라!!"

정곡을 찔린 듯 무열의 말에 알른은 자신도 모르게 말을 더듬었다.

"이 지도의 뒷부분, 궁금하지 않은가?"

"설마…… 네가 그걸 알고 있다는 말이냐. 웃기지 마라. 회색 교장은 오직 원로회들에게만 허락된 곳이다."

"지금은 그렇겠지."

아리송한 무열의 말에 알른은 더욱더 복잡한 표정으로 그를 바라봤다.

"다시 한번 말하지. 이 지도의 뒷부분, 궁금한가?"

"그…… 그건."

조금 전까지만 하더라도 무열을 죽이려고 난리 쳤던 그의 태도가 변하자 그를 따라온 아티스 카레쉬는 다시 한번 놀라지 않을 수 없었다.

'도대체 저 남자의 끝이 뭐지……? 두 사람이 만나면 누구

하나 죽지 않는 이상 끝나지 않을 거라고 생각했는데…….'

싸움은커녕 마법 한 번 시전하지 않고 알른 자비우스의 분노를 누그러뜨렸으니 말이다.

"정말…… 알고 있는 거냐."

"물론."

무열은 바뀐 태도의 그를 바라보며 생각했다.

'네가 그곳에 들어갈 수는 없겠지만.'

'젠장…… 이게 도대체 어떻게 된 거지?'

아티스 카레쉬는 지금 상황이 도무지 이해가 가지 않았다.

알른 자비우스의 거처에 있는 지하실 계단을 내려가며 그는 두 손으로 들고 있는 쟁반에 찻잔을 바라봤다.

'내가 이런 일이나 하고 있어야 하다니.'

명색이 상아탑의 주인이라는, 대륙에서 따를 자가 없는 위대한 자신이 지금은 이곳에서 잔심부름을 하고 있으니 말이다.

'정말일까……?'

그의 머릿속에 있는 의구심.

회색 교장(灰色敎場).

그곳은 원로회의 일원이었던 알른 자비우스조차도 끝까지

다 알지 못할 정도로 복잡한 미로와 같았다. 그곳은 마법사들의 보고(寶庫)로 알려져 있지만 정작 자세한 사항을 아는 자는 없어 그저 베일에 싸인 장소에 불과했다.

'여명회와 불멸회를 불문하고 그 어떤 마법사들조차 회색 교장에 대해서 아는 게 없다. 기껏해야 남아 있는 원로회의 장로들뿐.'

태초부터 존재했다고 알려진 7인의 원로회지만 사실상 그들 역시 인간. 불사의 존재는 아니었기에 지금 남아 있는 원로회는 네 명이었다.

'그래도 괴물 같은 늙은이들이지. 족히 한 세기를 뛰어넘어 살고 있으니. 알른 자비우스, 그 인간 같지도 않은 자는 정말로 수백 년을 살았을지도…….'

아티스 카레쉬는 지하실로 내려가는 계단에 있는 벽에 뚫린 창문을 바라봤다. 뒤에 보이는 비전의 샘에 느껴지는 마력을 보며 그는 자신도 모르게 침을 꿀꺽 삼켰다.

'그 늙은이에게서 느껴지는 마력이 엄청 날 수밖에 없겠어. 정말로 저 마력을 모두 받아들일 수 있다면…….'

하지만 반대로 말하면 지금 알른 자비우스를 이길 수 있는 방법은 없다고 봐야 할 것이다.

압도적인 마력.

비록 7인의 원로회에서 쫓겨난 신세라지만 개인의 능력에서는 그 누구보다 위대할 것이다.

'만약…… 그가 다시 회색 교장 안으로 들어가게 된다면 대륙은 피바다가 되겠지.'

상상만 해도 끔찍한 일.

알른 자비우스는 무열의 그 한마디 때문에 지금 죽이려던 그를 살려두었다. 그만큼 원로회에 대한 알른 자비우스의 분노가 대단하다는 것을 알 수 있었지만, 반대로 생각하면 회색 교장으로 가는 방법을 발견해 내지 못한다면 그 분노의 화살이 무열에게 가게 된다는 뜻이기도 했다.

아티스 카레쉬는 창문에서 눈을 떼었다.

"나라면…… 절대로 못 이기겠지."

그 엄청난 마력을 가진 괴물을 상대로 싸운다는 것은 자살 행위와 마찬가지였으니까.

저벅, 저벅, 저벅.

그는 불안한 얼굴로 천천히 계단을 밟고 내려갔다.

"……너 같은 녀석은 처음이다. 오랜 세월을 산 우리보다 더 전투에 능하구나. 너 정도의 자질이라면…… 잘 가르친다면 정말 위대한 마법에 도달할 수도 있겠어."

알른 자비우스는 탁자에 완성된 지도를 바라보며 진심이 우러나오는 목소리로 말했다.

"내가?"

무열은 알른 자비우스의 말에 가볍게 웃었다.

"그래, 정말 이 방법이면 회색 교장에 들어갈 수 있을지도 모르겠어. 이건 상식을 뛰어넘는 방법이거든."

"모르겠군이 아니라 확실하다."

무열은 아티스 카레쉬가 가져온 차를 한 모금 마시며 자신감 넘치는 목소리로 말했다.

그럴 수밖에. A급 던전으로 분류되는 회색 교장은 이미 전생에 공략이 되었던 던전이었으니까.

비록 검병부대 소속이었을 당시 랭크의 차이로 회색 교장을 경험해 보지는 못했지만 훈련소에 있을 때 공략대의 지원부대로서 투입되기 위해 훈련을 받았었기 때문이다.

'지원부대는 사실상 총알받이에 불과한 것이었지만.'

씁쓸한 기억이 떠올랐지만 이내 곧 그는 생각을 접었다.

"그런데 7인의 원로회가 가지는 마력의 근원이 이곳이라면…… 이 샘의 마력이 사라지면 그들은 어떻게 되지?"

"교장에 있는 장로들은 비록 나보다 수준이 낮지만 그래도 내로라하는 마법사들이다. 샘의 마력이 사라지면 그들의 마력도 현저히 줄어들긴 해도……."

알른 자비우스는 아티스 카레쉬를 바라보며 말했다.

"저런 녀석들과는 비교할 수 없지."

"어쨌든 약해진다는 말이군."

그는 무열의 말에 작은 한숨을 내쉬었다.

"흥…… 혹여나 녀석들의 마력을 끊기 위해 비전의 샘을 파괴하는 생각을 했다면 그만두는 게 좋다. 행여나 비전의 샘이 충격을 입게 되어 파괴된다면 대륙의 절반은 날아가 버릴 테니까."

"그 정돈가?"

"최소한으로 생각했을 때에 그렇다는 거다. 그만큼 축적된 마력이 엄청나니까."

"흐음……."

무열은 고민하듯 고개를 끄덕였다.

"하지만 완전히 방법이 없는 것도 아니지. 왜냐면 그들보다 뛰어난 내가 있으니까."

"그래?"

알른 자비우스가 입꼬리를 올리는 순간 삐뚤삐뚤하게 난 누런 이가 보였다. 그는 만족스러운 듯 무열이 완성해 준 지도를 품 안에 넣었다. 그러고는 문뜩 그를 유심히 바라봤다.

"그래…… 생각해 보니 안티홈을 빼앗은 것부터 비전의 샘에 들어온 것까지. 너의 재능이야말로 대범함을 넘어 비범하구나.”

그는 회색 교장의 공략법을 듣고 나서 진심으로 감탄한 듯 무열을 바라보는 눈빛이 달라졌다.

“어떠냐, 차라리 내 제자가 되는 건.”

“그, 그게 무슨 말씀이십니까! 대장로님!!”

아티스 카레쉬는 생각지도 못한 알른의 제안에 경악하며 소리쳤다.

“닥쳐라! 쓸모없는 녀석.”

알른 자비우스가 들고 있던 펜을 내던지며 소리쳤다.

“내가 비범하다라…….”

무열은 그가 했던 말을 곱씹었다.

“훗…….”

단 한 번도 자신을 그렇게 생각해 본 적 없다. 그저 살기 위해 노력했을 뿐.

그는 생각을 마친 듯 잠시 눈을 감으며 숨을 토해냈다.

“하긴, 시간이 되긴 했군.”

지직…… 지지직…….

그러고는 천천히 알른의 앞으로 걸어갔다.

“이봐, 며칠 같이 있었다고 우리가 동료라고 생각하나 보지? 늙으면 생각도 함께 짧아지나 보군. 그러니 자신보다 낮은 자들에게 쫓겨나지.”

"······뭐?"

"얻을 건 모두 얻었다."

순간, 번뜩이는 무열의 눈동자에서 날카로운 살기를 느끼자 알른은 황급히 탁자 옆에 있던 자신의 지팡이를 움켜쥐었다.

"덕분에 원로회에 대한 지식, 그리고 이제부터 너희들을 어떻게 공략할지 모두 정리되었으니까."

"······!!!"

[울부짖는 고원의 정기의 사용 효과가 발현되었습니다.]

[반경 100m 안의 모든 마력이 사라집니다.]

[지속 효과 : 1분]

"무······ 무슨?!"

마력을 쥐어짜 내려 했지만 알른의 손에 들린 지팡이는 지금 이 순간만큼은 그저 나무 막대기에 불과했다.

"나는 누구 밑에도 들어가지 않는다."

서걱.

뇌격이 아래에서부터 위로 사선으로 그어졌다. 날카로운 검격 아래 걸리는 것은 아무것도 없었다. 검날에는 피조차 묻지 않았다.

"제자는 저승에서나 만들어라."

툭.

믿을 수 없다는 듯 입을 다물지 못한 채 그대로 잘린 알른 자비우스의 목이 바닥으로 떨어져 구르는 소리만이 이곳에 남았다. 한 시대를 풍미하며 대륙을 쥐락펴락했던 대마법사의 말로치고는 너무나도 허무했다.

"어떻게……."

알른 자비우스의 앞에선 고개조차 제대로 들지 못할 정도로 그를 우러러봤던 아티스 카레쉬에게 지금 이 상황은 어쩌면 죽은 당사자보다도 더 놀랄 일이었다.

"아티스 카레쉬."

"네……."

무열이 자신의 이름을 부르자 그는 저절로 떨리는 목소리로 존댓말을 내뱉었다.

"7인의 원로회 중에 살아 있는 자가 몇이지?"

"모두 네 명……."

그는 놀란 마음에 어수룩하게 손가락으로 숫자를 세다가 황급히 고개를 저었다. 시선이 멈춘 곳은 바닥에 떨어진 알른 자비우스의 목이었다.

"아니, 이제 세 명입니다."

"전에 내가 말했었지."

무열은 탁자에 놓인 지팡이를 들어 아티스에게 건넸다.

"널 수장으로 만들어주겠다."

"……!!!"

어리둥절한 얼굴로 무열을 바라보며 그는 엉겁결에 든 지팡이를 보며 숨이 멎을 듯한 기분이었다.

"나를 따라라."

그 순간, 아티스 카레쉬는 지금껏 느껴보지 못한 심장이 쿵 하고 내려앉는 기분에 자신도 모르게 무릎을 꿇었다.

'알른 자비우스가 죽었다.'

그의 머릿속에 드는 생각은 그것 하나뿐이었다.

'그토록…… 원했던…….'

지금까지 자신이 준비했던 모든 계획. 하지만 언제나 마음 한편에 불안감이 있었다. 그러나 이제 달라졌다.

'할 수 있다, 이자라면 정말로.'

그 불안감을 비웃듯 무열은 혼자서 알른 자비우스의 목을 베었으니까.

아티스 카레쉬는 두 손으로 자신의 허리춤에 있던 검을 뽑아 날을 눕히고서 무열을 향해 무릎을 꿇었다.

"며, 명을…… 받들겠습니다."

그가 바친 검. 오직 여명회의 수장에게만 전해지는 마법검(魔法劍), 얼음발톱(Freezing Talon).

무열이 고개를 끄덕이는 순간.

[지금부터 여명회의 수장이 바뀌었습니다.]

[상아탑의 모든 권한이 이전됩니다.]

[지금부터 여명회가 배출한 전투 마법사는 모두 당신을 따를 것입니다.]

　그는 만족스러운 표정으로 자신의 앞에 새하얀 빛과 함께 나타난 붉은 메시지창을 바라보았다. 무릎을 꿇은 채로 아티스 카레쉬가 들고 있던 얼음발톱을 쥐었다.

[위업 달성!!]

[상아탑의 주인]

[스테이터스 상승 5%]

[모든 마력 포인트 100 획득]

[모든 내성력 포인트 50 획득]

[마력 습득률 상승 5%]

[상아탑의 모든 전투 마법을 익힐 수 있습니다.]

　"음……?"

　그때였다. 붉은색의 메시지창이 퍼즐처럼 조각조각 나뉘더니 다시 조합되기 시작했다. 또한, 그의 몸 안에서 조각난 메시지창과 똑같은 조각들이 빠져나가 공중에서 함께 뭉쳐지기 시작했다. 마치 프로그램이 새롭게 시작되는 것처럼.

무열조차 처음 보는 광경인지라 살짝 놀란 듯 그는 눈썹을 추켜올렸다.

조각들이 하나둘 끼워 맞춰지자 그의 눈앞에 새로운 메시지창이 완성되었다.

[새로운 위업 발견!]
[안티훔 대도서관과 상아탑 모두의 주인이 되었습니다. 단 한 번도 같은 주인을 모신 적이 없는 여명회와 불멸회. 이것은 대륙이 만들어진 태초부터 지금까지 처음 있는 일입니다.]

[히든 피스 발견!!]
[그 어떠한 왕도 영웅도 하지 못한 일입니다. 실로 역사에 남을 이 위대한 이 업적을 달성한 당신에게 그에 걸맞은 직업이 내려져야 마땅합니다.]
[마력 통치자(Mana Ruler)]
[직업을 선택할 수 있습니다.]
[특징 : 두 개의 학파에서 새로운 마법을 창조할 수 있습니다. 그 누구도 행한 적이 없는 길이기 때문에 어떤 마법을 탄생시키느냐는 본인의 역량에 달린 일이 될 것입니다.]

"허……."

이런 식으로 히든 피스를 발견할 것이라고는 예상하지 못했다.

상아탑의 전직 조건을 통해서 여명회에 있는 히든 피스를 찾아야겠다고 생각했는데 오히려 불멸회와 여명회 두 개의 학파를 모두 아우르는 숨겨진 직업.

패스파인더와 화염의 군주. 1차 직업이 두 개였기 때문에 2차 전직 역시 두 번 가능하게 되었다.

무열은 자신도 모르게 주먹에 힘이 들어갔다.

[마력 통치자(Mana Ruler)로 전직하시겠습니까?]

그 순간, 비전의 샘 속의 보랏빛 마나들이 마치 주인을 만난 것처럼 떠오르기 시작했다.

56장
마력 통치자(Mana Ruler)

[마력 통치자(Mana Ruler)로 전직하시겠습니까?]

　고민할 필요가 없다. 무열은 예상했던 것보다 더 빠르게 히든 클래스를 얻었다는 생각에 망설임 없이 고개를 끄덕였다.

　'상아탑에도 분명 숨겨진 클래스가 있긴 하겠지만⋯⋯.'

　지금의 히든 클래스는 단순히 상아탑의 주인이 되어서 얻는 것이 아닌 두 마법회를 통합했을 때 비로소 획득할 수 있는 것. 단연코, 상아탑에 있는 히든 클래스와는 비교할 수 없는 직업일 것이다.

　'나중에 데인 페틴슨이 상아탑을 다시 방문하게 된다면 그에게 그곳의 히든 클래스를 알아보게 하면 된다.'

　전생에서 유일하게 상아탑 공략에 성공한 마법사.

'그 남자의 재능이라면 필시 가능할 터.'

대신 자신은 데인 페틴슨이 절대로 얻을 수 없는 유일무이한 히든 클래스를 얻게 될 것이다.

[마력 통치자(Mana Ruler)로 전직]
[등급 : 로드 클래스(Lord Class)]
[효과 : 지금부터 불멸회와 여명회는 단 한 명의 공통된 수장을 모시게 될 것입니다. 그는 두 학파의 모든 마법을 익힐 수 있으며 새로운 마법을 창조할 수 있습니다. 그리고 창조한 마법은 원한다면 자신의 휘하에 있는 마법사들에게 전수할 수 있습니다.]

[창조 마법을 사용할 수 있습니다.]
[히든 스테이터스 : 창조력(創造力) 획득]

우우우우웅…….

소울 이터란 직업을 얻었을 때의 회색 기류와는 달리 이번엔 마치 상아탑이 있는 서리고원의 눈꽃처럼 백색의 입자들이 그의 몸을 감쌌다.

천천히 눈을 뜨며 무열은 새로운 힘을 느꼈다. 하지만 암흑력을 얻었을 때와는 달리 신체에 큰 변화가 느껴지지 않았다.

"으흠……."

무열은 자신의 상태창을 불러 히든 스테이터스의 효과를 살폈다.

[창조력(創造力)]
창조 마법을 사용하기 위해서 필요한 능력.
기존에 존재하지 않는 마법 혹은 인류에게 알려지지 않는 유물, 타종족, 이차원계의 마법을 발견 시에도 숙련도가 올라간다.
창조력이 높을수록 고수준의 마법을 창조할 수 있으며 창조 마법은 신을 제외하고 오직 태초부터 지금까지 단 한 존재, 백금룡(白金龍), 나르 디 마우그만이 이 마법을 사용했다고 알려져 있다.

'창조 마법이라⋯⋯.'
지금까지 듣도 보도 못한 마법이었다.

영혼력 역시 마찬가지지만 S급 던전 중에는 언데드 계열의 몬스터 중에 실체가 없는 사념체 형식의 몬스터가 있었기 때문에 완전히 생소한 것은 아니었다.

하지만 창조 마법은 실로 신의 힘에 다가간 힘이라고 해도 과언이 아니다.

무열은 아직은 잘 느껴지지 않지만 자신의 몸 안에 확실히 스며든 새로운 힘에 주먹을 움켜쥐었다.

'어쩌면 이 힘을 사용하기 위한 단서는 백금룡이라 불린 나

르 디 마우그에게 있을 것이다.'

드래곤(Dragon).

세븐 쓰론에 있어서 가장 강력한 존재라 할 수 있는 그들은 종족 전쟁이 시작되기 전까지 인류에게 있어서 가장 큰 적이었다.

'용의 여왕이라 불렸던 정민지도 드래곤이 아닌 드래곤의 피를 이어받은 이종족, 용족들의 우두머리였을 뿐이고, 용군주 알라이즈 크리드도 화룡을 부렸지만 수천 년을 살며 레어를 가진 드래곤이 아닌 드레이크(Drake)에 불과하다.'

'진짜' 드래곤과 소통에 성공했다는 인간의 이야기를 들어본 적은 없었다.

그들의 레어 안에 있는 막대한 보물과 수많은 무구 때문에 드래곤은 그저 사냥의 대상이자 공략을 해야 할 몬스터에 불과했으니까.

'하지만……'

무열은 세븐 쓰론에서 살아가는 동안 이강호를 비롯해 인간군의 강자들이 몇 번 드래곤 사냥에 성공한 것을 봤다. 그러나 그중에 백금룡의 이름은 없었다.

'어쩌면 살아 있는 것이 아닐지도 모르지.'

그들이라고 하더라도 불사의 존재는 아니니까.

하지만 무열은 언젠가 꼭 숨겨져 있을 백금룡의 레어를 찾아야겠다는 생각이 들었다.

　[비석에 이름을 남기겠습니까?]

　마지막 2차 전직을 함과 동시에 무열의 앞에 나타난 새로운 비석. 안티홈에서 보았던 것과는 다른 새하얀 비석은 분명 상아탑에 있던 눈이 덮인 비석이었다.
　일반적으로 불멸회와 여명회는 동시에 얻을 수 없는 곳이었기 때문에 두 곳은 각각 다른 2차 전직 장소였다.

　[상아탑의 비석에 당신의 이름이 각인됩니다.]
　[2차 전직 관련 비석은 모든 세븐 쓰론의 여행자들의 기록이 통합되어 표시됩니다.]
　[1위!!]
　[위업 달성!!]
　[서리고원의 강자!!]
　[당신의 업적을 뛰어넘는 기록이 나오지 않는 한 영광스러운 이 기록은 영원할 것입니다.]
　[스테이터스 상승 5%]
　[빙결 내성력 포인트 100 획득]
　[추가 전체 내성력 포인트 50 획득]

[기록의 변경 사항은 비석의 상위 랭커들에게 알려지며 기존 1위의 타이틀은 사라집니다.]

처음 비석에 적힌 무열의 순위는 12위.

무열은 마지막 메시지창을 바라보며 생각했다.

'처음에 낮은 순위를 받은 게 다행이었군.'

그때는 상위 5명에 들지 않았기에 랭커들에게 알려지지 않았다.

'어중간하게 5위 안에 들었다면 두 번이나 이름이 알려졌을 테고, 그렇게 되면 나를 경계하게 될 테니까.'

안티홈의 비석에서 주는 특전은 얻지 못했지만 이 정도면 충분했다.

무열은 비석 맨 위에 적힌 자신의 이름을 바라봤다.

'목적은 달성했다.'

히든 클래스와 비석에 새로이 자신의 이름을 새기는 것까지.

무열은 고개를 끄덕였다.

부글…… 부글…….

부르르르…….

"음?!"

그때였다. 아티스 카레쉬는 기묘한 소리와 함께 요동치는 지면을 느끼며 고개를 들었다. 마력을 가진 마법사라면 놓칠 수 없는 변화.

"이건⋯⋯."

그는 황급히 지하실의 문을 박차고 위층으로 달려 올라갔다.

"헙⋯⋯!!"

창밖을 바라본 그는 자신도 모르게 놀란 마음에 숨을 참고 말았다.

"이⋯⋯ 이것 좀 보십시오!!"

"진정해라."

소스라치게 놀란 자신과 달리 비전의 샘의 변화를 지켜보던 무열의 목소리는 오히려 담담했다.

"하지만⋯⋯ 알른 자비우스가 했던 말을 기억하시지 않습니까. 만일에 하나 비전의 샘이 뒤엉키기라도 하면 대륙의 절반이⋯⋯."

아티스 카레쉬는 두리번거리며 지금 당장에라도 도망을 쳐야 하는 게 아닌가 싶었다.

"알른 자비우스가 죽으면서 그가 가지고 있던 마력이 방출되어 지금 샘의 마력 균형이 깨진 거다."

무열은 천천히 문을 열었다. 물을 끓이는 것처럼 드넓은 호수와 같은 샘의 물이 방울방울 터지며 열기를 내뿜고 있었다.

[저 녀석의 말이 맞다. 이건 보통 일이 아니야. 이 정도의 마력이라면 가까이에 있는 것만으로도 목숨을 보장할 수 없다.]

쿤겐 역시 아티스의 말에 동의했다.

"무…… 무우……."

짐승의 본능일까. 이미 그 위험을 직감한 아키는 집 안에서 나오지 못하고 두려운 듯 냄새를 맡는 것처럼 창밖으로 코를 내밀고는 떨리는 목소리로 울었다.

"흐음……."

저릿저릿한 느낌.

"이 정도 크기라면 고원의 정기로도 마력을 사라지게 만드는 건 불가능하겠군."

게다가 이미 알른 자비우스를 죽이기 위해 사용한 고리는 24시간이 지나야 가능했다.

파즉……!!

파즈즈즈즉……!!

샘에 가까이 다가가자 처음 거처 안으로 들어올 때와 마찬가지로 마력 역장이 느껴졌다. 물론, 그 반발력은 그때와는 비교도 할 수 없는 정도. 샘의 물에 손을 데려고 한 순간 강렬한 스파크와 함께 튕겨 나갔다.

"흠."

충격에 가볍게 떨리는 손을 바라보며 무열은 잠시 생각을 하는 듯하다가 이내 곧 고리를 움켜쥐었다.

[울부짖는 고원의 정기의 사용 효과가 발현되었습니다.]

[마력 내성력 3,000 Point 상승하였습니다.]

[지속 효과 : 1분]

무열의 전신에 희미한 빛이 감돌았다. 반발력은 여전했지만 그는 이내 곧 아무렇지 않게 샘에 손을 담갔다.

콰드득…… 콰그그그그그……!!

콰그그극……!!

샘이 그를 거부하는 듯 마치 성난 맹수의 울음소리 같은 굉음이 터져 나왔다.

"으…… 으윽."

아티스 카레쉬는 그 광경에 자신도 모르게 뒷걸음질 쳤다.

"가만히 있는 게 좋을 거다. 괜히 이동 마법을 썼다가는 마력이 더 엉켜서 네 몸이 산산조각 나버릴 테니까."

"그, 그런……."

자신의 생각을 들킨 그는 무열의 말에 마른침을 꿀꺽 삼켰다.

"무슨 연유인지는 모르겠지만 알른 자비우스가 원로회에 쫓겨난 뒤에도 이곳에서 온전히 벗어날 수 없었던 이유를 알겠군."

무열은 요동치는 마력을 바라보며 생각했다.

"나가고 싶어도 나가지 못했던 거겠지. 이 정도의 마력을 관리하지 않고 방치한다면 자신의 목숨마저 위태로울 테니까."

분명, 강력한 힘을 주지만 그 반대로 그 힘을 유지하기 위해서 밖으로 움직이지 못한다. 실로 아이러니한 상황이 아닐 수 없었다.

무열은 쓴웃음을 지었다.

"고리로 내성력을 높여도 이 정도인가……. 1분이 지나면 나조차도 날아가 버릴지 모르겠군."

그러고는 자신의 앞에 쓰여 있는 메시지창의 줄어가는 숫자를 바라봤다.

[00:52:30]

"확인을 해볼 수 있는 시간은 기껏해야 30초 정도인가."

그는 거리낌 없이 두 손을 모두 샘 안으로 집어넣었다. 그러고는 천천히 힘을 끌어올렸다.

우우우우웅…….

그의 양팔에서 흘러나오는 빛이 서로 연결되며 샘의 물에 스며들기 시작했다. 맹렬한 기운에 무열의 머리카락이 흔들렸다.

"……."

처음에는 머리카락, 그다음에는 손끝, 그리고 다시 그 떨림은 팔을 타고 올라가 어깨마저 부르르 떨렸다.

[이봐, 너…… 설마.]

쿤겐은 그 모습을 보며 놀란 목소리로 말했다.

[그만둬. 네가 감당할 수 있는 마력이 아니다. 이 정도의 크기라면 드래곤이 와도 흡수할 수 없어!]

그의 말대로다. 무열이 지금 하고 있는 것. 불멸회의 마법 중 하나인 '마력 추출'.

고리로 인해서 샘의 마력 역장에서 튕겨 나가지 않고 버틸 수 있는 시간 동안 그는 샘의 마력을 흡수하고 있는 것이었다.

[이미 넌 네가 가질 수 없을 만큼의 힘을 가지고 있다. 새로운 능력을 얻었다고 해도 네 몸은 인간에 불과해!]

다급한 쿤겐의 외침이 이어졌다.

[너보다 저 늙은이가 더 많은 마력을 가지고 있었다는 걸 너도 알잖아? 그런 자조차 샘의 마력을 흡수할 수 없어 이렇게 보관하고 있었던 거라고!]

"말이 많다, 쿤겐."

그 순간, 무열이 감았던 눈을 떴다.

"전에도 얘기했는데 요즘 정말 말이 많아졌어. 인간 세계에 있더니 수다스러워진 거냐."

쿤겐의 외침에 귀가 따갑다는 듯 그는 살짝 인상을 찡그리고는 귀를 후비며 말했다.

[무, 무슨…….]

"나도 알고 있다. 지금 내 몸이 이런 거대한 마력을 받아들일 수 없다는 걸."

[그럼 어째서……?]

"그렇다고 이렇게 훌륭한 먹이를 그냥 두는 건 아깝잖아?"

그가 팔을 들어 올리자 양 손바닥에 둥근 구체가 만들어졌다.

"고리를 한 번 사용하게 되는 건 아깝지만…… 이 정도로 순도 높은 마력을 얻을 수 있는 기회는 없지."

[마력이 흡수됩니다.]

[마력 추출로 인해 변동된 마력은 암흑력으로 분리되어 새롭게 흡수됩니다.]

무열이 손바닥에 만들어진 두 개의 구체를 단숨에 흡수했다. 만족스러운 듯 그의 입꼬리가 천천히 올라갔다.

그는 남아 있는 손가락 마디 정도의 작은 구체 하나를 아티스 카레쉬에게 던졌다.

"흐익……?!"

"사라지기 전에 흡수해라."

자신의 앞에 날아온 구체가 마력 덩어리라는 것을 모를 리가 없는 그는 무열의 말에 황급히 입안으로 삼켰다.

"……!!!"

지금까지 느껴보지 못한 충만한 마력의 기운에 아티스 카레쉬는 자신도 모르게 눈을 동그랗게 떴다.

'이렇게 작은 게 이 정도면…….'

무열이 삼킨 두 개의 구체의 크기는 자신의 것과는 비교도 할 수 없는 것.

아티스 카레쉬는 어쩌면 지금까지 자신이 괴물이라 여겼던 알른 자비우스보다 더 한 존재가 태어난 것이 아닐까 하는 생각이 들었다.

부글…… 부글…….

[이봐, 다 좋은데 말이야. 고리의 시간도 이제 끝이다. 어떻게 할 거야?]

"걱정 마라. 죽으러 들어온 게 아니니까."

무열은 천천히 자신의 허리춤에 손을 가져갔다.

"방법은 있다."

스르르릉.

"자…… 잠시만!!"

날카로운 검날의 소리가 들린 순간, 아티스 카레쉬는 경악을 금치 못한 채 소리쳤다. 하지만 그의 외침을 마치 즐기는 것처럼 무열은 한 치의 망설임 없이 들고 있던 것을 샘 안으로 있는 힘껏 던졌다.

그건 다름 아닌 상아탑의 보물 중의 보물. 마법검(魔法劍), 얼음발톱(Freezing Talon)이었다.

"지금 무슨 짓을 하신 겁니까!!"

아티스 카레쉬는 수면 아래로 가라앉는 얼음발톱을 바라보며 울상을 지었다.

"……."

하지만 이내 무열의 시선을 느낀 그는 황급히 손으로 입을 틀어막고 고개를 숙였다.

"흐읍……! 죄, 죄송합니다."

"샘이 폭발할지도 모르는데 그렇게 가까이 와도 괜찮나?"

"……예?"

무열의 말에 그제야 아티스는 놀란 마음에 자신이 비전의 샘에 너무 가까이 다가갔다는 것을 깨달았다. 화들짝 놀라며 다시 뒤로 물러서려고 하는 순간, 그는 자신보다 훨씬 더 샘에 가까이에 있는 사람이 있다는 걸 깨달았다.

"마스터…… 는요? 괜찮으십니까……?"

어차피 샘이 폭발하게 되면 모두가 죽는다. 떨리는 목소리로 되묻던 그는 그제야 무열이 자신을 놀린 것이라는 걸 깨달았다.

"훗."

덩치에 어울리지 않는 그의 호들갑에 무열은 가볍게 웃었다. 아티스 카레쉬는 멋쩍은 듯 떨떠름한 표정으로 자신의 뒤통수를 긁었다.

무열은 천천히 샘 앞에 무릎을 꿇었다. 그러고는 강한 반발력을 느꼈던 조금 전과는 달리 마치 잔잔한 샘의 물을 만지는 것처럼 편안하게 수면 아래로 손을 집어넣었다.

"세븐 쓰론에 존재하는 세 개의 정령 무구, 그것 모두가 정령왕의 힘을 봉인한 거란 걸 알고 있을 거다."

끄덕.

아티스 카레쉬는 무열의 말에 고개를 끄덕였다.

잘 알고 있다. 불타는 징벌(Flame Punish)과 무한의 숨결(Infinite breath), 그리고 마지막으로 자신이 사용했던 얼음발톱(Freezing Talon)까지.

두 자루의 무구는 소문만 무성할 뿐 밝혀진 것이 없었지만 얼음발톱만큼은 상아탑이 세워지고 7인의 원로회로부터 아티스 카레쉬가 받았다.

어쩌면 대륙에서 유일하게 정령왕이 봉인된 정령 무구를 사용해 본 그였기 때문에 누구보다도 잘 알고 있었다. 단순히 마법검의 위력이 아니라, 그 봉인의 힘이 얼마나 강한 것인지를 말하는 것이다. 누가 만든 것인지 알 수 없지만 정령왕조차 가둬 버린 검의 족쇄는 가히 상상할 엄두조차 낼 수 없을 정도니까.

"암흑력, 광휘력, 영혼력, 그리고 정령력까지. 모든 힘은 궁극적으로 결국 마력 안에서 파생된 것이다. 너라면 그 이유를 알겠지."

[이봐, 정령의 힘이 마력 안에서 파생되었다는 말은 썩 기분 좋은 게 아닌데?]

쿤겐은 무열의 말에 기분이 상한 듯 투덜거리는 것처럼 말했다. 하지만 그는 투덜거릴 뿐 부정하지 않았다.

"그건……."

불멸회와 여명회, 더 나아가 7인의 원로회가 궁극적으로 다가가려 했던 목표이자 한편으론 그 목표에 근접한 자가 나타나자 반대로 그 두려움에 그를 막았다.

바로, 나인 다르혼.

그가 거의 도달했던 궁극의 힘.

'위대한 마법.'

아티스 카레쉬는 무열의 눈빛을 바라보며 떨리는 목소리로 말했다.

"마법은…… 균열에서 태어난 것. 그렇기에 신의 섭리를 벗어난 힘. 다른 힘들 역시 마찬가지로 섭리를 벗어난 힘이기 때문이다. 그리고…… 태초 이전에 신조차 죽일 수 있는 힘을 가진 유일한 것이 바로 마법이었다고 전해집니다."

"그래, 맞다."

무열은 샘에서 손을 떼고서 옷에 닦았다.

"쿤겐, 정령왕의 힘을 무시하는 것이 아니다. 그리고 네가 신에 대적하는 본성을 가진 것 역시 어찌 보면 당연한 일일 수 있다. 궁극적으로 마력은 신에게 반(反)하는 것이니까."

아티스 카레쉬는 그가 누구에게 말하는 것인지 알 수 없어 어리둥절한 표정이었다.

"각각의 힘의 경도를 나누는 것이 아니다. 마력이 모든 힘의 원천이라 한들 마력이 더 강하다는 건 아니니까. 기껏해야 인간이 가진 마력이 정령왕의 정령력보다 강할 수 없듯이."

[흥…….]

쿤겐은 무열의 말에 조금은 화가 누그러진 듯 가벼운 헛기침을 했다.

"하지만 그 정령왕의 힘마저 봉인한 검이다."

무열은 천천히 샘을 바라봤다. 놀랍게도 보랏빛으로 빛나던 수면이 점차 투명하게 변하고 있었다.

"샘의 마력 정도는 게걸스럽게 먹어 치우고도 남겠지."

"허…….'

아티스 카레쉬는 무열의 말에 자신도 모르게 감탄하고 말았다.

얼음발톱이 가지고 있는 엄청난 힘. 그건 뛰어난 마법사인 자신조차도 쉽사리 포기하지 못하는 것이었다. 무열이 처음 상아탑에 왔을 때 가장 먼저 의심한 것 역시 이것이지 않는가.

방법을 알았다고 하더라도 결코 그는 하지 못할 일이었다.

"물론, 이 방법이 정답인 것은 아니다. 정령왕의 힘을 가두기 위해 검이라는 형태가 필요하듯 샘 안에 빠져 있는 얼음발톱을 꺼내는 순간 비전의 샘의 마력 역시 돌아올 테니까."

오히려 그렇게 되면 위험할지 모른다. 균형을 잃어버린 샘이 그 즉시 폭발할지도 모르는 일이기 때문이다.

"그럼…… 영원히 이 안에 넣어둬야 한다는 말씀이십니까?"

아티스 카레쉬는 수면 아래 깊숙이 더 이상 모습이 보이지 않는 얼음발톱을 생각하면서 아쉬운 목소리로 말했다.

그의 진심이 묻어나는 얼굴에 무열은 가볍게 입꼬리를 올렸다.

"방법이 없는 건 아니지."

"네?"

"내가 비전의 샘의 마력을 정화시킨 이유는 알른 자비우스의 부재로 인한 샘의 균형이 망가지는 것을 막기 위한 것도 있지만 그보다 더 궁극적인 것."

"……아!"

무열의 말에 아티스 카레쉬는 눈을 동그랗게 뜨며 자신도 모르게 소리쳤다.

"그래."

비전의 샘의 마력은 단순히 알른 자비우스의 마력을 강하게 만드는 것만이 아니다.

그들 이외에도 7인의 원로회 중 살아 있는 나머지 세 명의 마력의 원천지.

"비전의 샘의 마력을 얼음발톱으로 하여금 잠시 봉인하게 되면 그들에게 공급되는 마력 역시 멈춘다. 무한에 가까운 그들의 마력이 한계를 가지게 된다는 말이지."

괴물이 인간의 영역까지 떨어진다는 말. 아티스 카레쉬는 무열의 말을 듣는 순간 전율을 느꼈다.

"그리고 공급받을 자들이 없어지면 더 이상 비전의 샘의 마력을 움직일 상황도 사라질 것이고, 그렇게 되면 마력이 흔들릴 일도 없어지겠지. 그때 얼음발톱을 회수한다."

단순 명료한 수순.

아무렇지 않게 말하는 무열이었지만 그런 생각을 할 수 있는 자가 과연 몇이나 될까. 너무나도 담대한 계획에 아티스는 숨이 막히는 기분이었다.

"하지만…… 그러기 위해서 마지막으로 확인해야 할 것이 있긴 하지."

"그게 무엇입니까?"

"그다지 어려운 건 아니다. 너에게 몇 마디 말을 듣기만 하면 되니까."

부글부글하던 비전의 샘이 언제 그랬냐는 듯 잠잠해지고 난 뒤에 무열은 몸을 일으켰다.

"만났었다. 위대한 마법에 가장 가까이 갔던 남자를 안티홈에서 말이야."

"……!!!"

무열의 말이 끝남과 동시에 아티스 카레쉬는 놀란 표정을 지었다. 그의 얼굴을 보며 무열은 이미 예상하고 있었다는 듯 담담한 표정을 지었다.

"너도 잘 아는 인물이겠지."

아티스 카레쉬의 반응이 크게 놀랍진 않다. 불멸회의 수장은 비록 공식적으로는 공석이었지만 그렇다고 해서 여명회의 수장인 그가 나인 다르혼의 일을 모를 리가 없을 테니까.

"그러니 이제 나에게 얘기해라."

목소리에 그 어떤 감정도 실려 있지 않았다.

그런 무열의 태도에 오히려 아티스 카레쉬는 더욱 겁에 질렸다. 뒷덜미가 서늘해지는 기분이었다.

"무…… 엇을 말입니까?"

나인 다르혼을 처음 만났었던 악몽의 서. 위대한 마법에 대해서 말을 하던 도중에 그는 무열에게 딱 한 번 한 사람의 이름을 언급했었다.

"상아탑의 진짜 주인이었던 자."

다른 것도 아니다. 그저 이름 한 번뿐이었다.

하지만 무열은 그것을 잊지 않았다.

"하펠 자르안."

"……!!!!"

꿀꺽.

무열의 말에 아티스 카레쉬는 자신도 모르게 마른침을 꿀꺽 삼켰다.

"그렇게 놀란 눈으로 바라볼 필요 없다. 네가 상아탑의 주인이었다는 것은 안다. 나에게 상아탑과 여명회의 권한이 이전되었다는 것을 보면 알 수 있지. 다만……."

한 발자국 앞으로 다가갔다.

파르르 떨리는 아티스 카레쉬의 어깨를 바라보며 그는 아직 남은 뭔가가 있음을 직감했다.

"그의 행방이 궁금할 뿐이다. 말해라. 그는 어떻게 되었지? 그 역시 나인 다르혼과 마찬가지로 사지가 잘려 봉인되었나? 그 후에 원로회가 너에게 상아탑을 너에게 물려주기라도 한 건가?"

"아, 아닙니다! 절대로 그런 게 아닙니다!!"

"그럼?"

어떻게 얘기를 해야 할지 고민이 역력한 얼굴이었다. 확실히 뭔가 있었다.

"제가 맡게 된 이유는 상아탑의 자리 역시 안티홈과 마찬가지로 공석이었기 때문입니다……. 대도서관 같은 경우는 그 이전부터 사서가 있었기 때문에 공석이어도 괜찮았지만 상아탑은 그렇지 못하거든요."

"어째서 공석이 되었지?"

"이유는…… 똑같습니다, 나인 다르혼의 경우와."

그 순간, 무열이 생각에 빠진 듯 눈을 가늘게 떴다.

"위대한 마법 때문인가."

"……맞습니다."

아무리 숨기려고 해도 자신보다 더 많은 것을 알고 있는 무열에게 졌다는 듯 아티스 카레쉬는 낮은 한숨과 함께 대답했다.

"하펠 자르안은 저의 스승이셨습니다. 그는 나인 다르혼이 봉인된 이유를 듣고 원로회에 대한 파훼법은 위대한 마법뿐이라 생각하셨습니다."

비록 여명과 불멸이라는 다른 이름을 가진 상반된 특성의 마법회였지만 두 수장의 목적은 같았다.

원로회의 붕괴.

그럼에도 불구하고 두 마법회가 하나의 목적을 가지고 합쳐지지 못했다는 것이 마법사들이 얼마나 배타적인가를 보여주는 면모이기도 했다.

"그들의 괴물 같은 마력과 싸우기 위해서는 말이죠."

"그렇군."

얼음발톱으로 인한 샘의 봉인. 자신보다 먼저 마법검의 주인이었던 하펠 자르안 역시 생각할 수 있었던 방법일 것이다. 하지만 마력을 억제할 수 있는 로어브로크의 고리가 없는 그가 샘을 지키는 알른 자비우스를 마력으로 이길 수 있는 방법은 없었을 것이다.

"스승님께서는 위대한 마법은 마법서나 마법 무구로 정의되는 것이 아니기에 도달하는 방법 역시 정확히 명시되어 있는 것이 아니라고 했습니다."

"……."

그의 말에 무열은 생각했다.

위대한 마법에 가깝게 도달했던 나인 다르혼이 봉인되면서 어쩌면 원로회가 그 마법을 소유했을지도 모른다고 생각했으니까.

'어쩌면 원로회는 오히려 위대한 마법이 어떤 것인지도 모를 가능성도 있겠군.'

그는 고개를 끄덕였다.

"하지만 한 가지, 스승님께서는 어쩌면 위대한 마법이 드래곤의 마법일지 모른다는 말씀을 하셨습니다."

그 순간, 무열이 아티스 카레쉬를 바라봤다.

드래곤(Dragon). 조금 전 새로운 2차 전직을 얻으면서 획득한 창조 마법의 근원 역시 드래곤인 나르 디 마우그가 언급되지 않았던가. 그는 위대한 마법에 도달하기 위해서 조금 더 빨리 레어를 찾아야 할 것 같다는 생각이 들었다.

"어쨌든 원로회를 만나러 간 것이 아니라면 하펠 자르안 역시 살아 있을 가능성도 있다는 것이군."

아티스 카레쉬의 스승. 그리고 본래 상아탑의 주인인 그는 분명 나인 다르혼에 버금가는 대마법사일 것이다.

'나인 다르혼의 죽음을 알고서도 과연 그가 나에게 힘을 빌려줄지는 모르겠지만……'

만약 그를 끌어들일 수 있다면 종족 전쟁에서 더욱 유리한 고지를 점령할 수 있을 것이다.

"그럼…… 회색 교장으로 가시는 겁니까."

아티스 카레쉬는 조심스럽게 물었다.

"아니."

"그 전에 준비를 해야겠지. 얻을 건 얻고 가야지 않겠어?"

"네?"

"상아탑으로 돌아간다."

무열은 발걸음을 옮겼다. 거침없이 앞으로 걸어가는 그의 뒤를 황급히 아티스 카레쉬가 따랐다.

계획은 이미 머릿속에 세워졌다. 그곳에 무열에게 가장 걸맞은 전리품이 기다리고 있을 것이다.

바로, 여명회의 마도검술 '백색기검(百色氣劍)'.

"허……."

아티스 카레쉬는 믿을 수 없다는 표정으로 상아탑에 있는 무투장을 내려다보았다.

무투장 안을 가득 채우는 수십 가지의 빛깔. 여명회의 마도 검술은 변화무쌍하기로 유명하지만 수십 년을 수련한 자신 역시 저런 식으로 기검을 발산하는 것은 처음 보는 일이었다.

아니, 다시 말해야 한다.

"……도대체 저게 무슨 검술이야?"

[백색기검(百色氣劍)을 습득하였습니다.]
[스킬(Skill)에 등록됩니다.]
[습득률 : 1%]
[최초의 검술 창조자 – 검술 마스터리 습득률 상승 효과로 인하여 백색기검의 습득 속도가 증가합니다.]

몇 번의 검격이 무투장에서 이어진 뒤에 무열은 마지막으로 참았던 숨을 토해냈다.

힘을 주자 두 손에 잡은 뇌격과 뇌전의 검날이 흰빛이 되었다가 푸르게 빛났다가 다시 녹색으로 변하였다.

"확실히 강검술과 비연검과 달리 백색기검은 마력을 토대로 한 검술이라 반발력이 적군."

그가 자세를 잡았다. 머리 위로 뇌격을 들어 올리고 앞으로 뇌전을 세운 뒤 가볍게 몸을 회전하며 두 자루를 교차시키듯 허공을 베었다. 그러자 뇌격에서 푸른빛의 검날이, 뇌전에서 녹색의 예기가 솟구쳤다.

백색기검(百色氣劍) 1식(式).

총 7식으로 되어 있는 백색기검은 다른 검술보다 초식도 다양한 데다 검날에 어떤 속성의 힘을 주입하느냐에 따라 공격의 특성도 완전히 달라진다.

콰아아앙……!!

콰가강……!!

그의 검에서 날아간 검기가 지나간 바닥이 날카로운 것에 베인 듯 파이면서 기다란 줄이 생겼다. 무투장의 벽면이 와르르 무너지는 순간 무열이 검을 검집에 집어넣었다. 끝났다고 생각되었지만 오히려 무열은 그다음 눈을 감고서 천천히 숫자를 세었다.

'하나, 둘, 셋.'

분명 검집에 검이 들어가 있음에도 불구하고 그가 하나하나 카운트를 할 때마다 조금 전 부서진 벽면에서 연달아 굉음이 터져 나왔다.

콰앙———!!

콰가강— 콰가강———!!!

검의 손잡이를 잡은 무열의 손목 위로 세 겹의 고리가 폭음과 함께 사라졌다.

그 후에 이어지는 연속된 공격은 무열이 따로 검술을 펼치지 않아도 마치 그의 머릿속에 있었던 것처럼 수십 개의 변초가 그려졌다.

"어렵군."

무열은 자신의 검술에 대한 소감을 짧게 말했다.

[그렇게 말하는 녀석치고 결과가 너무 우습지 않느냐. 세 번 중첩된 마나 정기를 하나도 아니고 두 팔에 모두 만들었으니 말이야.]

"비전의 샘에서 흡수한 마력이 아니었으면 불가능했을 거다. 게다가 다른 속성을 섞은 것도 아니고 단순히 마력을 중첩하는 건 그전부터 가능한 일이었어."

[흥…… 욕심은.]

쿤겐은 담담한 무열의 모습에 핀잔을 주듯이 낮게 대답했다.

[저기 보이냐. 아티스 카레쉬의 표정이 말이야. 네가 익힌 백색기검이 단순히 마력 중첩만으로 이 정도의 변화를 줄 수

있는 것이라면 녀석이 저런 표정을 짓지는 않겠지.]

상아탑의 마법사들은 대륙에서 유일무이한 검술을 쓰는 전투 마법사다. 그 말은 곧, 마법에도 뛰어나지만 웬만한 검사보다 더 검술에 조예가 깊다는 말이기도 했다.

하지만 아티스 카레쉬는 무열이 펼치는 검술을 몇 번이나 보았지만 절대로 자신이 따라 할 수 있는 것이 아님을 깨달았다.

[이건 거의 검술을 새롭게 만든 것과 진배없다.]

"아부는 그만하지?"

[건방진 녀석. 내가 너에게 아부를 떨어봐야 무슨 소용이겠느냐, 쯧.]

그렇게 말하지만 무열 역시 쿤겐의 말이 썩 기분이 나쁘지는 않은 듯 가볍게 입꼬리를 올렸다.

[어쩐지 마법을 익힐 때보다 더 즐거워 보이는군.]

"그럼."

무열은 수많은 검격으로 인해 갈린 바닥을 바라보며 말했다.

"이러니저러니 해도 내 본질은 검에 있으니. 살아남기 위해 가장 오랫동안 잡은 게 이거거든."

생존(生存).

그의 말대로 살아남기 위한 수단.

전생의 검술이 지금에 비해서 결코 훌륭할 리가 없지만 랭크의 높고 낮음을 떠나 그가 이곳에서 버틸 수 있게 만든 유일한 수단이 검이었기에 다른 것보다 각별할 수밖에 없는 일이었다.

"축하드립니다."

아티스 카레쉬가 조심스럽게 무투장으로 내려와 말했다. 스킬 메시지를 볼 수 있을 리 없겠지만 아티스 카레쉬는 검술을 보는 것만으로 무열이 완벽하게 백색기검을 익혔다는 걸 알았다.

"고맙다."

"겨우 하루 만에 검술을 모두 익히다니 정말로 대단하십니다. 여명회의 마법사들이 평생을 바쳐 익혀도 7개의 초식 중 고작 절반에 닿는 게 태반인데 말입니다."

"너는 어디까지 익혔지?"

"부끄럽게도 저 역시 다섯 번째까지밖에 익히지 못했습니다."

무열의 말에 아티스 카레쉬는 씁쓸한 표정으로 대답했다. 자신의 수장이 무열로 바뀌었으니 백색기검의 검술서를 보여 주는 것은 당연한 일이었다.

하지만 사실 마음 한편에는 의문도 있었다. 과연 그의 검술 경지가 어디까지 도달할 수 있을까 하는 것.

그러나 자신의 그런 의문을 비웃듯 그는 단 하루 만에 7개의 초식을 익혀 버렸다.

"검을 뽑아라."

무열은 잠시 생각한 듯 눈을 감았다 떼며 말했다.

"……네?"

갑작스러운 그의 말에 아티스 카레쉬는 어리둥절한 표정으로 다시 물었다.

"얼음발톱을 너에게서 가져가 샘에 빠뜨린 대가라고 생각해라."

자신의 어깨를 툭 치는 무열을 보며 그는 그제야 깜짝 놀란 듯 눈을 동그랗게 떴다.

"설마……?!"

"그래. 네가 익히지 못한 두 개의 초식을 가르쳐 주겠다."

등골이 오싹해질 정도의 전율.

그의 스승이었던 하펠 자르안이 상아탑을 떠난 뒤 앞으로 그 누구도 백색기검의 정점에 도달하지 못할 것이라고 생각하고 포기했던 일.

설령 익힌다 하더라도 개인적인 마법사들의 성향에서 비록 같은 마법회라 할지라도 정보의 공유 따위를 바라는 것은 사치였다.

하지만 무열은 다르다. 너무나도 쉽게 자신이 도달하지 못한 검술의 끝을 전수해 주겠다고 하지 않는가.

"가…… 감사합니다!"

아티스 카레쉬는 무릎을 꿇으며 두 손을 모은 채 소리쳤다.
무열은 그의 모습에 만족스러운 듯 고개를 끄덕였다.

"정말로 괜찮으시겠습니까?"

"그래, 상아탑에서 얻을 수 있는 것은 모두 얻었으니까. 당분간은 그래도 네가 지금처럼 이곳을 맡아주었으면 한다."

"여부가 있겠습니까. 외람되지만 단지 저는 회색 교장에 가실 때 저희가 없어도 되는지 걱정이 되어서……."

상아탑에서 삼 일 후.

밤낮을 무투장에서 무열과 함께 있었던 아티스 카레쉬는 백색기검을 전수받았다. 두 눈에는 충성심이 가득했다.

"괜찮다. 회색 교장은 내가 해결해야 할 문제. 그리고 언젠가 여명회가 꼭 필요한 순간이 온다. 그 이전까지 최선을 다해서 실력을 길러야 한다. 내가 명한 일을 하나도 빠짐없이 해야 할 거다."

"명심하겠습니다."

무열은 아티스 카레쉬의 말에 고개를 끄덕였다.

'그래, 여명회의 마법사들과 광휘병사는 고작 던전을 클리어하는 데 사용할 것이 아니다. 그보다 더 큰 전쟁이 기다리

고 있으니까.'

끼익.

무열이 잠시 생각을 하고 있을 때 방문이 열리며 한 젊은 마법사가 조심스럽게 말했다.

"마스터, 준비가 끝났습니다."

"알겠다."

부하의 말에 잠시 크게 호흡을 하고서 무열이 몸을 일으켰다.

"참, 이거……."

방을 나서려는 무열에게 아티스 카레쉬 작은 상자를 건넸다.

"말씀하셨던 마도연금(魔道鍊金)으로 만든 순금입니다. 다행히 광휘병사를 만들 때 사용하려고 미리 준비한 것이 있었습니다."

"그래, 고맙다."

상자를 열자 짙은 빛깔에 금 한 덩이가 들어 있었다. 정령술을 얻기 위한 여섯 개의 재료 중 하나.

그 누구도 아닌 여명회의 최고 마법사인 아티스 카레쉬가 만든 순금이니 확인을 할 필요도 없었다.

'좋아. 하나하나 모든 재료를 최상으로 얻는다는 계획은 순조롭다.'

무열은 인벤토리 안에 상자를 넣고서 마법사들이 기다리고 있는 제단으로 향했다.

이동 마법진(移動魔法陣).

오직 상아탑에만 있는, 대규모 이동이 가능한 마법 제단이었다.

"좌표는 트라멜입니다."

마법을 준비했던 마법사 중 한 명이 무열을 향해 말했다.

'오랜만에 그들을 보겠군.'

무열은 그의 말을 들으며 천천히 눈을 감았다.

"기다리고 있겠습니다."

"그래."

마법진 위로 새하얀 빛의 입자들이 생성되기 시작했다. 트라멜과는 수백 킬로가 떨어져 있지만 아마 다시 눈을 뜨고 나면 보이는 것은 서리고원의 눈이 아닌 자신의 도시일 것이다.

'해야 할 일이 아직도 많구나. 회색 교장도 그렇고 비궁족과의 일도 마무리해야 한다.'

지금쯤이면 강건우 역시 게르발트를 완성했을지 모른다.

'어차피 그가 없으면 비궁족과의 거래는 성사될 수 없으니…… 회색 교장의 일을 마무리하고 그를 만나러 가면 되겠지.'

우선, 해결해야 할 일은 7인의 원로회. 굳이 배후에 위험한 적을 남기고 다른 일에 한눈을 팔 필요는 없는 일.

'과연 그곳에서 또 무엇을 얻을 수 있을까.'

흥분되었다. 점차 강해질수록 자신의 목표에도 한 발자국 더 다가가는 것을 느낄 수 있었으니까.

무열은 마법진의 빛이 그의 몸을 완전히 감싸기 바로 직전 아티스 카레쉬와 여명회의 마법사들을 향해 말했다.

"다시 만나자."

모든 마법사가 그를 향해 무릎을 꿇었다. 그가 완전히 사라질 때까지 그 누구도 움직이지 않고 그를 배웅했다.

수으으으으으......!!

약간의 어지러움.

무열은 천천히 눈을 뜨며 주위를 둘러보았다. 숨을 들이마시자 서리고원의 차가운 냉기가 아닌 따뜻한 기운이 폐 안으로 들어왔다.

소란한 사람들의 소리, 여기저기 울리는 공방의 기계 소리, 왁자지껄 광장을 뛰어다니던 아이들까지.

지금 이 순간, 모두가 멈추고서 단 한 곳에 시선을 집중하였다.

"저…… 저……!!"

놀란 나머지 말을 제대로 잇지 못하고 입을 벌린 채로 그저 자신을 가리키는 사람들.

무열은 그들을 바라보며 가볍게 고개를 끄덕였다.

"돌아왔다."

그의 한마디에 사람들이 함성을 질렀다.

"주군!!"

"영주님이시다!!!"

와아아아아ㅡㅡㅡ!!!!

와아아아ㅡㅡ!!!!

트라멜 안에 울려 퍼지는 환호성이 귀를 찌를 듯했다. 마치 오랜만에 가족과의 재회인 듯 무열은 그들을 바라보며 미소를 지었다.

"어떻게 되신 거예요? 당연히 성문으로 오실 거라 생각했는데⋯⋯. 갑자기 이렇게 튀어나오시다니, 하여간."

"잘 지냈나. 비석에서 네 이름을 봤다, 최혁수."

"저도요. 제 기록을 깨버린 사람이 두 명이나 있더군요."

여명회에서 두 번째 직업을 얻으면서 새롭게 갱신된 비석의 랭킹. 이미 순위에 이름이 올라와 있었던 최혁수는 순위가 바뀌며 무열을 본 것이었다.

무열은 그의 말에 가볍게 웃었다.

"잘 오셨어요."

"고생하셨습니다."

"아프신 곳은 없으세요?"

"2차 전직은 어떻게 되셨어요?"

어느새 자신을 기다렸다는 듯 달려와 둘러싼 사람들에게서 쏟아지는 질문 공세에 무열은 당황스러웠지만 나쁜 기분은 아니었다. 윤선미를 비롯해 라캉 베자스, 지용슈, 리앙제까지. 모두 그리웠던 얼굴들이니까.

"하하…… 그래, 이야기는 천천히 하자."

리앙제의 머리를 가볍게 쓰다듬으며 무열이 말했다.

"오랜만이다. 인기가 좋군?"

그때였다. 그리웠던 이들과의 재회 속에서 낯선 목소리가 들렸다. 무열은 천천히 고개를 돌려 뒤를 바라봤다.

"넌……."

처음으로 그의 눈동자가 커졌다. 예상하지 못한 자가 자신의 앞에 있었기 때문이었다.

"엄청난 일들을 이뤄냈더군."

다부진 체격, 짙은 눈동자와 탄탄한 근육. 커다란 키는 강찬석과 비교해도 절대로 밀리지 않았다.

거친 그의 목소리가 들린 순간, 모든 사람이 그에게로 시선이 꽂혔다. 그건 무열 역시 마찬가지였다.

트라멜에 존재하지 않았던 새로운 인물. 하지만 그 누구보다 먼저 무열이 만났던 사람이기도 했다.

바로, 산군(山君) '조태웅'.

재회에 대한 반가움도 그에 대한 경계도 없다. 하지만 무열의 시선을 사로잡고 있는 하나의 변화가 있을 뿐이었다. 그리고 그 시선의 의미를 알고 있는 듯 조태웅은 멋쩍은 웃음을 지었다.

"할 얘기가 꽤 많을 것 같군."

무열은 천천히 시선을 떼고 그의 얼굴을 바라봤다.

"그럴 것 같군."

조태웅 역시 그 말에 천천히 고개를 끄덕였다. 그를 본 것은 남부 경기장에서가 마지막이었다. 언젠가 그가 트라멜에 다시 돌아올거라 생각했지만 이런 모습일 것이라고는 상상하지 못했다.

없기 때문이다. 어깨 아래로 당연히 있어야 할 그의 팔 한쪽이.

"들어가지."

재회의 기쁨도 잠시, 무열은 굳은 표정으로 말했다.

"흐음."

무열은 회의실을 개조한 자신의 집무실의 문을 열었다. 오랜만에 들어오는 방이었지만 항상 깔끔하게 관리되어 그동안 자리를 비운 흔적이 느껴지지 않았다.

커다란 원탁은 여전히 있었고 무열의 뒤를 따라온 사람들이 하나둘 그곳에 앉았다.

"조태웅이 트라멜에 온 지 얼마나 되었지?"

"그리 오래되지 않았습니다. 일주일 정도 전에 이곳에 오셨습니다."

"혼자 왔던가?"

"아닙니다. 약 100명 정도의 사람과 함께 오셨습니다. 사실 그 때문에 성문을 지키시던 필립 로엔 님과 마찰도 있으셨죠."

라캉 베자스는 무열의 물음에 하나하나 세세하게 답변했다.

조태웅은 그 모습에 입꼬리를 씰룩이며 말했다.

"흥, 이야기해 줄 입이 많군. 굳이 나까지 오지 않아도 괜찮았겠어."

무열은 그의 말에 가볍게 웃었다.

"확인해야 할 것들이 있기 때문이다. 조태웅, 너에게 물어볼 것들 역시 산더미같이 있으니 조금만 기다려라."

그렇게 말하고는 무열은 최혁수를 바라봤다.

"이정진의 행방을 조사하라던 건 아직 진척이 없었나? 그자가 남부 일대로 넘어가지는 않았을 것 같은데 말이야."

"네, 북부에 세 개의 파견대를 보내서 조사하고는 있지만 이렇다 할 성과는 없었어요. 그래서 혹시나 어디서 죽은 게 아닐까 하고 예상했었는데…….”

대답하는 최혁수는 슬쩍 조태웅을 바라봤다. 이정진의 존재를 아는 사람은 아마 이곳에서 최혁수를 포함해 세 사람뿐일 것이다.

재해인 흑암이 발생한 뒤, 원래라면 있어야 하는 이정진의 산채가 사라진 것을 확인한 무열은 트라멜이 안정화된 이후에 최혁수를 통해 이정진을 찾으라 했었다.

‘먼저 처리하지 못했던 게 실수다. 어찌 보면 가장 불안했던 요소인데…….’

그 뒤로 많은 일이 있었기 때문에 무열이 직접 나서지 못한 것이 지금으로서는 후회스러웠다.

‘하지만 아무리 그렇다 하더라도 조태웅 정도의 실력자가 이정진에게 당했다는 건…….’

무열은 살짝 눈을 흘겼다. 이정진이 비록 인간군 최강자였던 이강호의 동생이라고는 하지만 전생에 기껏해야 B랭크에서 그친 사람이다. 그 차이가 명백했기 때문에 무열은 조태웅에게 이정진의 처리를 맡겼던 것이기도 했다.

“이제부터는 너에게 확인을 해야 할 차례겠군. 조태웅, 그 팔은 이정진에 의해서 그렇게 된 건가?”

“맞다.”

그의 대답에 무열은 다시 한번 눈살을 찌푸렸다.

"이정진이 그렇게 강하던가? 네 팔을 잘라 버릴 만큼?"

"아니."

"그게 무슨 뜻이지?"

이해가 가지 않는 모호한 대답에 무열은 다시 한번 되물었다.

"하지만 그렇다고 약한 것도 아니다. 정확히 말하면…… 이상한 능력이 있더군."

"이상한 능력?"

"분명히 체력이 다 빠졌다고 확신하던 순간에 갑자기 부활을 한 것처럼 다시 생생해지더군. 게다가 잠깐이지만 모든 능력이 올라간 것처럼 감당할 수 없을 정도로 강해졌다."

무열은 그 순간, 그의 머릿속을 스치는 하나가 있었다.

'심법(心法).'

검투사의 능력 중 완벽하지는 않지만 그런 효과를 가진 것이 있었으니까.

신무화경(神武化境).

'이강호가 익혔던 심법이다. 하지만 그걸 이토록 이른 시기에 얻었을 줄이야…….'

무열은 지금까지 많은 스킬과 히든 스테이터스를 얻었지만 아직까지 심법을 익히진 못했다.

심법은 다른 능력과 또 다르게 익히게 되면 신체를 비롯해 자신의 공격 스킬에 관련된 모든 능력치를 상승시켜 준다고 알려져 있다.

하지만 심법을 얻는 방법은 아무도 모른다. 전생에서도 이강호의 신무화경과 검귀의 월천진경(月天眞境)과 더불어 15년 동안 알려진 심법이라고는 기껏해야 4개뿐이었다.

'이강호가 죽고 이정진이 그걸 익힌 것이겠군.'

무열은 자신도 모르게 주먹을 쥔 손에 힘을 주었다.

만약, 그때 이강호를 죽이지 못했더라면…….

자신을 가로막을 최대의 적이라는 것을 다시 한번 확인하게 되는 일이었다.

"……."

"하지만 그건 방심한 것뿐이다. 붙어봤을 때 다음에 만나면 지지 않을 자신은 있었다. 하지만……."

"하지만?"

"이 팔이 잘린 건 그 녀석 때문이 아니다. 녀석이 요상한 능력을 가지고는 있지만 그렇다고 해도 내 팔을 날려 버릴 정도는 아니었으니까."

무열은 그의 말에 고개를 끄덕였다.

'심법의 효과는 수치로 계산할 수 있는 것이 아니다. 그렇기 때문에 당장 익혔다고 하더라도 엄청나게 강해지는 것은 아니니까. 결국 공격 스킬은 본디 그가 가지고 있는 권사에서

파생된 것뿐일 테니.'

그렇다면 어째서?

조태웅은 무열의 눈빛에서 느껴지는 의문을 확인한 듯 천천히 말했다.

"이건 녀석의 배후에 있는 놈에게 당한 것뿐이다."

"배후?"

"그게……. 이정진이 휀 레이놀즈에게 붙었다고 하나 봐요."

최혁수가 조심스럽게 입을 열었다.

"그럼 그 팔, 휀 레이놀즈에 의해서 그렇게 된 것이란 말이군."

"쪽팔리지만…… 뭐, 그렇다. 이정진을 데리고 트라멜에 오려고 했는데 말이지. 회복하는 동안 무슨 일이 있었는지 다시 찾았을 때 녀석은 휀과 함께 있더군. 오히려 역으로 내가 당했으니 할 말이 없다."

"아닙니다. 말씀은 그렇게 하셨지만 조태웅 씨가 함께 데려온 100여 명의 사람은 모두 하나같이 실력자십니다. 트라멜의 국력에 충분히 보탬이 되었습니다."

씁쓸한 표정으로 말하는 조태웅을 대신해서 라캉 베자스가 말했다.

"아무리 나라도 휀 레이놀즈의 권세 안에 있는 녀석을 어찌할 자신은 없었으니까. 그렇다고 이곳에 오는데 빈손으로 올 수도 없었으니까."

조태웅은 휀의 권세에서 트라멜로 향하는 도중에 만난 몇 개의 부락을 통합하여 데리고 온 것이었다.

"그다지 높은 등급은 아니지만 나름 쓸 만한 녀석이 몇 있더군. 추슬러서 라캉에게 알려줬으니 지금은 잘 굴리고 있을 거다."

"그래?"

"네, 말씀은 저렇게 하시지만 전반적으로 훌륭한 병사들입니다. 지금까지 생존한 자들이라면 이미 그 실력은 입증된 거겠죠."

"필립."

"응, 왜 그러지?"

무열의 귀환 소식을 듣고 훈련장에서 돌아온 필립 로엔은 그가 자신을 부르자 사람 좋은 웃음을 지으며 물었다.

"제정신이냐, 너."

"……?!"

하지만 그 웃음에 대한 너무나도 생각지 못한 무열의 대답에 당사자인 필립 로엔뿐만 아니라 집무실 안에 있는 모든 사람이 놀란 표정을 지었다.

"그, 그게 무슨 말이야?"

"내가 분명 내가 없는 동안 너에게 트라멜의 안전을 맡긴다고 했을 텐데."

"그렇지. 여전히 잊지 않고 있다."

"너는 내 명령을 이런 식으로 허술하게 생각하는가? 아니면 기껏해야 백여 명이니 트라멜에 그 어떤 타격도 줄 수 없으리라 생각한 거냐."

"도대체 무슨 말을 하는지 모르겠군. 똑바로 얘기해 봐."

필립 로엔의 표정이 굳어졌다. 눈치 빠른 그는 순식간에 무열의 뜻을 머리로는 이해했지만 오랜만의 재회에서 그의 차가운 행동은 도무지 가슴으로 인정할 수 없는 일이었다.

"비단 필립 로엔뿐만이 아니다. 최혁수, 라캉 베자스, 최은별. 너희들은 트라멜의 내정을 맡은 자들이다."

무열은 세 사람의 이름을 힘주어 말했다. 자신의 이름이 호명되자 세 사람의 낯빛이 어두워졌다.

"조태웅과 그가 데리고 온 일백의 병력. 너희들은 단 한 번도 그 병력이 휀 레이놀즈의 것이라고 의심해 본 적 없나?"

"……!!!"

"……!!!"

그 순간, 무열의 말에 모두가 한 방 먹은 듯한 표정을 지었다.

"무, 무슨 소리야!! 지금 내 팔을 보고 말해! 이건 녀석에게 당한 거란 말이다!"

"어떻게 믿지?"

"……뭐?"

"네가 다른 일로 부상을 입었고 그걸 치유해 준 사람이 휀 레이놀즈라면? 애초에 이정진과 붙은 것도 아니고 아마 너 역시 휀의 휘하에 있는 사람이라면 충분히 가능한 일일 텐데."

콰아아앙———!!!

조태웅은 있는 힘껏 탁자를 내려쳤다. 단단한 강철로 만들어진 것이었음에도 단 한 번 주먹을 휘두른 것만으로 탁자가 완전히 우그러졌다.

"미친……!! 이봐, 너. 다시 한번 말해봐. 내가 그딴 녀석들의 밑에 들어갈 사람으로 보이느냐!!"

그러나 노성을 지르는 조태웅과는 달리 무열의 태도는 여전히 차가웠다.

"녀석을 가둬라. 확인이 될 때까지."

"강무열!!!!"

반가운 재회는 없었다.

조태웅이 갇히게 되었다는 소식은 이내 곧 트라멜 전역에 알려질 것이다. 그와 함께 온 일백의 사람의 귀에도.

그리고 그 소식은 그들의 입을 통해 다시 대륙으로 흘러나가게 될 것이다.

소문은 빛보다도 빠르게 퍼져 나간다.

타닥- 타닥-

어두운 감옥 안에 횃불이 타는 소리만 들렸다.

우적, 우적.

와그작, 와그작.

조용한 감옥과 어울리지 않게 음식을 씹는 소리가 요란하게 들렸다.

"꺼억-"

시원하게 트림을 하고 난 뒤에 입을 손등으로 쓰윽 닦는 거구의 남자는 놀랍게도 조태웅이었다.

"이러면 되는 거냐."

"그래."

"나 참…… 만나자마자 이상한 일을 시키다니. 집무실에 모이기 전에 최혁수가 미리 언질을 주어 연기라는 걸 알았지만, 그런데도 한 대 치고 싶더군. 진짜 얄미운 놈이야."

감옥엔 또 한 명이 더 있었다. 바로, 그를 가둔 장본인. 강무열이었다.

그러나 조태웅은 그를 보고도 그다지 화가 난 표정이 아닌 오히려 재밌다는 얼굴이었다. 감옥에 갇힌 죄수에게 걸맞지 않은 풍성한 식사도 그렇지만 이미 그의 입에서 그 이유가 나왔기 때문이다.

"이제 삼 일쨌가? 족히 일주일은 참아야 한다는 걸 생각하면…… 뭐, 답답하긴 하지만 덕분에 마음껏 먹을 수도 있고 나쁘진 않군."

"소문이 퍼지기까지는 좀 더 시간이 걸릴 거다. 그때까지만 참아라. 휀의 귀에까지 들려야 할 테니까."

"알고 있다."

그는 배를 두들기며 피식 웃었다.

모든 것은 계획된 일이었다.

트라멜에 도착하고 조태웅을 만났을 때, 그 짧은 순간 무열의 머릿속이 빠르게 움직였다.

"네가 해야 할 일이 있다. 조태웅."

"그게 뭐지?"

"너만의 부대를 만들어라. 그 어떤 세력에도 자유로우며, 그어떤 것도 막을 수 없으며, 그 어디에도 갈 수 있는 자유 부대."

"……!!"

조태웅은 무열의 말에 눈썹을 올렸다. 그건 놀라움이었다.

세븐 쓰론에서 권좌를 노리는 자들은 결코 자신 이외의 권세가 늘어나는 것을 달갑지 않아 할 것이다. 특히, 자신의 자리를 노릴 수 있을 만큼의 강한 자라면.

"진심이었냐? 하…… 재밌군."

조태웅이 누군가. 내로라하는 강자들과 어깨를 나란히 할 수 있을 정도로 실력이 있는 랭커다. 비록 이정진과 휀에 의하여 팔이 잘려 나갔지만 그의 무력은 여전히 유효하다.

"네 말대로 내가 진짜 너의 등에 칼을 꽂을 수도 있는데도 날 지원해 주겠다고?"

"그래."

조태웅은 지금껏 살면서 이토록 대범한 모습을 본 적이 없었다.

"이 대륙에서 당신만큼 적임자가 없을 테니까."

이강호가 많은 인간군을 장악하면서도 끝까지 조태웅을 자신의 수하에 두지 않고 놔둔 이유가 있다.

"그리고 내 등에 칼을 꽂을지 말지는 잘 생각하고 결정해야 할 거다. 나는 팔 하나로 봐주지 않아."

"크크큭……."

한마디도 지지 않는 무열의 태도에 조태웅은 피식 웃었다.

"대륙의 모든 눈을 속이는 거다. 그 누구도 네가 나의 편이라는 것을 눈치채지 못하게. 데려왔던 병사들도 데려가라. 필립이 최선을 다해 가르치고 있으니 조금이나마 더 쓸 만해질 거다."

무열은 품 안에서 작은 지도 하나를 꺼냈다.

"다행히 지도를 볼 수 있는 사람도 있더군. 거점으로 만들기 괜찮은 장소 몇 군데를 표시해 놨다. 필요한 물자는 100명에게 나누어 분배해 둘 테니 당분간 걱정 없을 거다."

"좋군. 인벤토리가 있는 게 이럴 때 유용하단 말이야. 빈손으로 가는 것 같지만 사실상 두 손 가득 선물을 가지고 나가는 것과 같으니."

"훗……."

조태웅의 말에 무열은 가볍게 웃으며 몸을 일으켰다. 그러고는 감옥을 나서며 마지막으로 그에게 말했다.

"참, 이름을 정해주지."

"음?"

"네가 만들 권세."

무열은 담담한 표정으로 천천히 입을 열었다.

"율도천(律渡天)."

57장
공략 준비

"……이상입니다."

"꽤 많은 일이 있었군."

"네, 일단 강찬석을 제외하고 모두 2차 전직을 완료하고 복귀하였습니다."

무열은 라캉 베자스의 보고를 다시 한번 곱씹으면서 물었다.

"무슨 일이 있었던 건 아니지? 윤선미와 함께 남부로 갔었는데 말이야."

"네, 선미 양의 말로는 무난히 2차 전직을 완료했었지만 다른 일로 인해서 일행과 떨어져 행동하기를 원했다고 합니다."

그가 알고 있는 강찬석이라면 뭔가 일이 터졌을 경우에 단독 행동보다는 일단 보고를 우선시했을 것이다.

'내가 언제 트라멜에 돌아올지 모른다는 문제도 있었겠지만

윤선미까지 떼어놓고 혼자 움직이겠다는 건……'

무열은 생각을 마치며 가볍게 웃었다.

'퀘스트로군.'

특정한 조건을 갖춰야만 얻을 수 있고 또 완료할 수 있는 미션.

강찬석이 아무런 이유 없이 그녀를 두고 남부에 머물러 있을 리가 없다.

'돌아오면 한층 더 강해져 있겠지.'

무열은 기대되었다. 실패하리라는 의심은 하지 않는다. 그가 알고 있는 강찬석은 곰처럼 우직하지만 때로는 그 포기를 모르는 점 덕분에 불가능하다는 일들을 해냈으니까.

"오늘 밤이겠군요."

"그래."

계획대로 조태웅은 트라멜을 빠져나갈 것이다. 무열은 이미 필립 로엔에게 일러두어 그가 데려갈 100명의 병력을 따로 초소에 나누었다.

"불에 태울 건물과 성문의 병력 배치까지 완료해 놨습니다. 이 일이 알려지게 되면 나중에 다른 권세들이 트라멜을 노릴 때 이 계획을 이용할 수도 있겠군요."

"맞아, 그리고 그게 오히려 덫이라는 걸 알게 될 때는 이미 늦은 뒤겠지."

"훌륭하네요. 준비된 계획을 통해 다른 이들에게 같은 전법을 쓰게 만든다라."

라캉 베자스의 말에 무열은 고개를 끄덕였다.

"뭐, 그들이 조태웅과 같은 방식을 전투에 사용하느냐 안하느냐는 그들의 몫이겠지만 말이야. 하나라도 유리한 상황을 만들어 놓는 게 손해 볼 일은 아니니."

무열은 마지막 보고서에 있는 항목을 확인하고는 생각했다.

"한 가지 아직도 의문인 건 어째서 우리가 찾으려고 했을 때 이정진을 찾지 못했냐는 거다. 조태웅과 만났던 시기를 확인했을 때는 트라멜을 얻기 이전이었긴 하지만……."

그 이후, 휀 레이놀즈는 어째서 이정진을 받아주었을까.

'두 사람의 성향은 솔직히 말해서 상극이라고 할 수 있을 정도로 어울리지 않아.'

분명한 것은 트라멜의 일전이 있고 난 뒤 있었던 둘의 접점.

"흠……."

확인해 봐야 할 일이었다. 하지만 그건 추후의 일. 그보다 먼저 해야 할 일이 있다.

'이제 남은 건…….'

조태웅은 자신이 마련한 안배대로 트라멜을 빠져나갈 것이고 미리 준비해 놓은 필립 로엔의 추격대가 뒤따를 것이다. 그가 자연스럽게 빠져나간 것처럼 보이기 위해서 가장 필요한 건 바로 자신이 그와 가장 멀리 떨어져 있어야 하는 것.

"일단 공방으로 가지."

"알겠습니다."

더 이상 집무실에 있을 필요가 없다. 하지만 그렇다고 시간을 허투루 쓸 그도 아니었다. 계획의 시간을 기다리는 동안, 그 역시 움직여야 한다.

'회색 교장을 토벌하기 위한 공격대를 꾸린다.'

그것이 트라멜에 온 이유이기도 했으니까.

"여, 영주님!!"

공방의 문이 열리자마자 긴장 가득한 앳된 목소리가 들렸다.

"그래, 뭔가 바쁜가 보구나."

"아니에요. 들어오세요."

커다란 공방 안엔 메케한 냄새가 났다. 화학약품 냄새 같기도 하고 뭔가 요리를 태운 것 같은 불 향도 나는 것 같았다.

"안녕하세요."

"오셨습니까, 주군."

지옹 슈의 뒤에 윤선미와 리앙제도 그를 보자마자 두 손을 모으고 인사를 했다.

"흠? 이건 뭐지?"

무열의 눈에 띈 금색의 플라스크.

안으로 걸음을 옮기자마자 보인 탁자 위 다섯 개의 플라스크에는 서로를 연결할 수 있는 호수가 달려 있었다. 어떤 건 안에 든 액체가 부글부글 끓고 있었고 또 어떤 건 차갑게 얼어 있었다.

각각의 플라스크는 같은 듯하면서도 전혀 달라 보이는 게 신기할 따름이었다.

"아…… 이거 거점 상점이 생겨서 구입해 본 거예요. 사실 제가 가진 마석이 별로 많은 게 아니라서 살 수 있는 게 이것 뿐이었지만요."

[쟝 푸리의 기초 연금 도구]

연금술사 쟝 푸리가 어린 시절 사용했다고 알려져 있는 연금 도구.

초심자부터 고급자까지 연금술에 필수적인 모든 것을 할 수 있다고 알려져 있지만 사용하기가 까다로워 사장된 물건.

등급 : C급

분류 : ACC

내구 : 100

효과 : 기초 연금술을 습득할 수 있다.

'C급 아이템이라…….'

세븐 쓰론이 진행된 지 1년. 이제 각각의 권세에 거점 상점이라는 무인 상점이 생성되었다.

C급에서부터 S급까지 많은 아이템과 무구, 심지어 스킬북까지 판매하는 그곳은 보는 이로 하여금 눈이 휘둥그레지게 만들기 충분했다.

하지만 문제는 가격.

말도 안 되게 높이 책정된 가격을 보며 대부분의 사람은 거점에서 아이템을 사는 것을 포기했다.

"그렇구나. 그래, 나도 거점 상점이란 게 이곳에 생겼다고 해서 봤었다. 확실히 희귀한 물건이 많더구나."

"그렇죠? 마음 같아서는 다 사고 싶었지만."

지웅 슈는 아쉽다는 듯 입맛을 다셨다. 세븐 쓰론에서 살아가는 자라면 당연한 반응일 것이다.

"가격이 만만치 않아 결정하기 쉽지 않았을 텐데 용케도 마음을 먹었구나."

"오르도 창 아저씨께서 가지고 있던 마석을 저에게 주셨어요."

무열은 그렇게 말하면서도 라캉 베자스에게서 시선을 떼지 않았다.

"그랬었군. 그래, 조금 기다려 보거라. 상점에서 좀 더 저렴하게 살 수 있는 방법이 있는지 내가 찾아볼 테니."

"그래 주시면 감사하지만…… 과연 주인도 없는 상점에서 값을 깎는 게 가능한 일일까요?"

"아마도."

지옹 슈의 말에 무열은 가볍게 웃으며 말했다.

"어떻게 생각해? 라캉."

"으흠……. 방법이 있다면 확실히 사람들이 거점 상점을 이용할 수 있게 될 테니 큰 도움이 될 겁니다."

"그렇지."

성실한 답변처럼 보이지만 말을 하는 동안 라캉 베자스는 무열을 제대로 쳐다보지 못하는 것같이 느껴졌다.

무열은 더 이상 말하지 않았다.

그런 그를 뒤로하고 플라스크를 살피며 다시 지옹 슈를 향해 말했다.

"그런데 연금술에까지 손을 댄 거냐."

"아직은 그 정도까지는 아니에요. 그냥 조금 흥미가 있어서요. 트라멜에서 연금술을 배운 사람도 없고……. 게다가 마침 살 수 있는 아이템이니 제가 한번 해보려고요. 리앙제도 도와주기로 했구요."

지옹 슈의 말에 리앙제는 두 주먹을 불끈 쥐면서 의욕 넘치게 고개를 끄덕였다.

'아무리 자신의 마석이 적다고 해도 C급 아이템을 사는 사람은 거의 없는데…… 어쩌면 어리기 때문에 가능한 일일지도 모르겠군.'

거점 상점의 등록된 아이템들은 정말 하나같이 모두 탐이 나는 물건이다. 지금 당장 살 수 없어도 어떻게든 마석을 모아서 사고 싶은 욕심이 생기는 것들뿐. 그렇기 때문에 대부분의 사람은 거점 상점이 생성되어도 여전히 마석을 사용하지 않고 모으기만 했다.

'그게 실패의 지름길이었지. 사실상 교섭술이 발견되어 가격을 낮춘다 하더라도 당장 A급이나 S급 아이템을 살 수 있는 것도 아냐.'

눈앞에 고위급 아이템이 있는데 저급 아이템을 사는 것은 쉽게 할 수 있는 일이 아니다.

하지만 그것이 종족 전쟁이 시작되고 인간군의 패배에 큰 요소가 되었다는 걸 무열은 잘 안다.

'거점 상점의 목적. 거점 상점의 아이템은 C급이라 하더라도 뛰어난 성능을 가지고 있다. 단순히 마석을 모아 한 번에 고위급 아이템을 구입하라는 것이 아니다.'

낮은 랭크의 아이템부터 사용해서 자신의 실력을 높이는 것.

당연한 이야기다. 스스로가 강해져야 더 많은 것을 할 수 있다.

무열은 지웅 슈의 머리를 가볍게 쓰다듬으며 말했다.

"좋은 선택이다. 언젠가 기회가 되면 연금술을 제대로 배울 수 있는 사람을 소개시켜 주지."

"정말요?"

"그래, 연금술사는 아니지만 웬만한 연금술사보다 더 뛰어난 실력을 가진 마법사니까."

그의 말에 지웅 슈는 눈빛을 반짝이며 말했다.

"우아……!! 감사해요! 그렇게 되면 어쩌면 이걸 완성할 수 있을지도 모르겠는걸요."

"음?"

"아! 잠시만요!!"

지웅 슈는 황급히 공방 안으로 달려갔다.

그가 너무나 신이 나 있어서 두 사람의 대화에 끼지 못한 리앙제는 뾰로통한 표정으로 입술을 내밀었다.

"쟤 뭐야, 나도 보여줄 게 많은데."

"후훗……."

그런 리앙제가 귀여운 듯 윤선미는 옅은 미소를 지으며 그녀의 어깨를 토닥였다.

"걱정 마라. 오늘 밤은 이곳에서 오랫동안 있을 테니까. 얘기할 시간은 충분하지. 트라멜에서 가장 안쪽에 떨어진 곳이니……."

"네?"

"아니다, 아무것도."

무슨 의미인지 알지 못해 리앙제가 되물었지만 윤선미는 홀로 고개를 끄덕일 뿐이었다.

"후아……!!"

공방 안에서 뒤뚱거리며 지웅 슈가 자신만 한 커다란 상자를 낑낑거리며 끌고 나왔다. 그러고는 옆으로 상자를 기울이자.

와르르르륵……!!!

정체불명의 알 수 없는 도구들이 상자 안에서 쏟아졌다.

"……."

무열은 그 모습을 넋을 놓고 바라봤다. 그가 2차 전직을 하기 위해 트라멜을 떠난 동안 이렇게 많은 아이템을 만들었다는 말이다.

'새로운 도구를 만드는 건 결코 쉬운 일이 아니다. 단순히 뛰어난 재능이 있어서 가능한 게 아니란 말이지.'

트라멜은 훌륭한 장인이 많았지만 지웅 슈는 특별했다.

어른에게 부족한 것.

바로, 상상력.

어린아이이기 때문에 가능한 상상력이 더해져서 이런 수많은 도구를 만든 것이다.

"어디 있더라…… . 여기 있을 텐데."

산더미처럼 쌓인 물건들 사이에서 지옹 슈는 무언가를 찾기 위해 열심히 헤집었다.

"이거다!!"

그리고 그중에 뭔가를 골라 두 손으로 번쩍 들어 올리고는 소리쳤다.

"……!!"

마치 숙제를 마치고 확인을 기다리는 학생처럼 지옹 슈는 무열의 앞에 무언가를 보였다.

"이건…… ."

"아직 미완성이긴 한데…… . 사실 좀 곤란한 일이 있거든요."

지옹 슈는 머리를 긁적이며 쑥스러운 듯 말했다.

꿀꺽.

자신도 모르게 마른침을 삼켰다. 무열은 지금까지 단 한 번도 이런 표정을 지어본 적 없을 것이다. 떨리는 눈동자를 보이지 않기 위해 그는 황급히 시선을 옮겼다.

꽈악.

그는 주먹을 쥔 손에 힘을 주었다. 그리고 무열은 지금까지 생각했던 모든 계획을 새롭게 짜야겠다는 생각을 했다.

"잘 타는군."

"일부러 멀리서도 보일 수 있도록 건물 안에 마른 가지들을 넣어놨거든요."

최혁수는 손가락을 들어 올리며 말했다.

어렵게 만든 건물들이 타고 있는 상황이었지만 방 안에 있는 사람들은 대수롭지 않게 생각하고 있었다.

"조금 어수선하지만 우리 수뇌부들은 이미 다 알고 있는 일일 테니 시민들이 혼란스러워하지 않도록 주의해 주길 바란다."

"네."

"알겠습니다."

"걱정 마시길 바랍니다. 필립 로엔의 병력도 이제 곧 회군해서 돌아올 겁니다."

무열은 고개를 끄덕였다.

라캉 베자스의 일처리는 완벽했다. 그의 뒤로 최은별이 무언가를 연신 받아 적고 있었다. 무열이 없는 사이 그녀 역시 뭔가 전환점을 맞이한 듯 언제부터인가 라캉 베자스가 하는 모든 것을 습득하려 노력하는 모습이었다.

"조태웅의 일은 일단 일단락해도 좋겠지. 하지만 내가 다시 이곳을 떠나야 할 이유를 모두 알 것이다."

조금 전과는 사뭇 다르게 긴장감이 흘렀다.

"지금부터 나와 회색 교장을 함께 토벌할 공격대의 인원을 말하겠다. 결코 쉽지 않은 곳이다. 추정 난이도는 A급. 하지만 그곳에 있는 노괴(老怪)들은 S급을 넘어설지도 모른다."

집무실 안의 사람 모두가 무열의 입을 바라봤다. 그가 이 정도로 경고를 하는 것이라면 정말로 쉬운 일이 아닐 터.

"최혁수, 오르도 창, 진아륜, 그리고 윤선미. 이렇게 넷은 나와 함께 간다."

"좋았어!"

"알겠습니다, 주군."

호명된 사람 중엔 최혁수처럼 환호를 하는 사람도 있었고 때로는 호명되지 않아 안도하는 사람도 있었다.

"아륜……"

천륜미가 진아륜의 손을 꽉 잡았다.

"걱정 마라. 괴물보다 더한 괴물과 함께 가잖아."

무열은 그의 농담에 피식 웃었다.

"그리고 마지막."

끝이 아니었다. 무열은 마지막으로 원래라면 이곳에 있을 수 없는 한 명에게 시선을 고정시켰다.

"지옹 슈."

무열의 한마디에 방 안의 모든 사람이 당황한 표정으로 지목당한 그 아이를 바라봤다.

"……!!"

"……!!"

그리고 그건 당사자인 지웅 슈 역시 마찬가지였다.

"제, 제가요?!"

그가 천부적인 재능을 가지고 있다는 것은 모두가 인정하는 바였다. 하지만 전투라고는 단 한 번도 경험해 보지 못한 아이에게 자신들조차 성공 여부를 확신할 수 없는, 현존 최고 난이도의 던전에 함께 가자는 것은 너무나도 위험한 결정이라고 생각했다.

단 한 사람, 무열을 제외하고.

그는 확신에 찬 표정으로 놀란 얼굴을 표정을 감추지 못하는 아이에게 다시 한번 말했다.

"교장(敎場)의 열쇠는 바로 네가 될 거다."

"정말로 지웅 슈를 데려가실 생각이세요?"

"그래, 그리고 이번 일이 끝나면 당분간 그 아이는 트라멜에 없을 거다."

"네? 그건 또 무슨 말인지⋯⋯."

회의는 모두 끝났다. 무열의 집무실에 남아 있는 사람은 오르도 창과 최혁수뿐이었다.

"그 아이를 상아탑으로 데려갈 생각이거든."

"허⋯⋯."

최혁수는 무열이 여명회와 불멸회 두 곳의 수장이 되었다는 것을 들었다.

'그 말은 곧 상아탑과 안티홈 대도서관이 우리 영역으로 들어왔다는 말인데.'

그건 단순히 주인이 바뀌었다는 것 이상의 의미를 가진다.

'영토의 확장.'

서리고원을 중심으로 아직 동서 지역은 공략이 되지 못했다. 카나트라 산맥에서 조우했던 카토 치츠카 역시 서리고원이 있는 북방 쪽에 자신의 권세를 잡았다고 했었다.

또한 안티홈 대도서관이 있는 곳 너머에는 휄 레이놀즈의 권세가 자리 잡고 있었고, 뿐만 아니라 북부 7왕국 중 나머지 4곳이 있었다.

'북부 7왕국 중에 세 곳을 흡수한 우리는 한 차례 원정으로 영토를 넓혔다. 이것도 대단한 일이지만 대장은 혼자서 우리가 넓힌 영역과 비슷한 크기를 다시 한번 확장시켰어.'

최혁수는 다시 한번 무열의 대단함에 감탄하지 않을 수 없었다.

"그런데 어째서 상아탑이에요? 지옹 슈에게 마력을 가르치기라도 하려는 거예요?"

"아니, 애초에 그곳은 마력을 습득하고 있다는 전제 조건으로 가는 곳이다. 그 아이는 마법을 배우러 가는 게 아니다."

"그럼요?"

"마력을 파괴하는 방법."

"……?"

무열의 말이 이해가 가지 않는 듯 최혁수는 잠시 고개를 갸웃거렸다.

"아마 그 아이라면 가능할 거다. 어쩌면 그 누구도 성공하지 못한 마법을 제압할 수 있는 자가 될지도."

그는 그 말을 끝으로 입꼬리를 살짝 올렸다.

'성공해야지.'

비단 회색 교장을 클리어하는 것에 그치지 않는다. 어쩌면 무열의 머릿속엔 이미 회색 교장은 안중에도 없는 일일지도 모른다.

그보다 더 큰 일. 바로 '종족 전쟁'.

'마력을 제압하는 자가 전쟁을 제압한다.'

무열이 종족 전쟁을 경험하면서 느꼈던 가장 큰 교훈이었다. 그렇기 때문에 그 누구보다 두 개의 마법회를 모두 얻으려고 했던 것이고, 그는 성공했다.

마력을 마력으로 제압한다.

그게 애초 그의 계획이었기 때문이다.

'여명회의 특수한 능력인 마력 억제가 가능한 황금 심장으로 만든 광휘병사는 마력을 사용하는 종족들을 사냥하는 데 가장 특화되어 있다.'

하지만 광휘병사에겐 가장 큰 단점이 하나 있었다. 그들의 장점이라 할 수 있는 황금 심장.

'범위 안에 있는 모든 마력을 약화시킬 수 있는 황금 심장은 아군의 마력마저도 약화시킨다. 즉, 단독으로 운용하거나 마력이 없는 병사들로만 편성할 수 있다는 말.'

게다가 또 하나. 인형이기 때문에 인간과 달리 성장하지 못한다는 육체적인 한계.

고위급 마족이나 악마족의 마력을 억제한다 하더라도 월등히 차이 나는 육체적 한계로 인해 타격을 줄 수 없었다.

즉, 여명회의 광휘병사는 중급 이하의 적들에겐 유효하지만 그 이상은 큰 빛을 발휘하지 못했다.

'하지만.'

무열은 지웅 슈를 보고 난 뒤 생각이 완전히 바뀌었다.

그가 발명한 물건이 보급될 수만 있다면……

'모든 병사가 마력을 제압할 수 있게 되는 것도 불가능은 아

니다.'

그렇게 된다면 무열의 병사들은 대륙에서 유일무이한 존재가 될 것이다.

'지옹 슈, 너에게 나는 도박을 걸었으니까.'

무열은 천천히 고개를 들어 올렸다.

"최혁수."

"네?"

"이제 네 차례다."

그 순간, 기다렸다는 듯 최혁수는 묘한 미소를 지었다.

"언니, 벌써 이틀째예요. 괜찮겠죠?"

"후훗, 걱정 마. 지옹 슈가 공방에서 나오지 않을 땐 항상 엄청난 걸 만드는 중이었으니까."

"그래도 저 큰 공방에 우리까지 못 들어가게 하는 건 너무했잖아요."

윤선미는 리앙제의 말에 가볍게 웃었다.

"후움……."

리앙제가 팔짱을 끼곤 입안 가득 바람을 불어 넣으며 입술을 삐죽 내밀었다. 그녀는 마음에 들지 않는다는 듯 발을 동동 구르더니 말했다.

"안 되겠어요."

"응?"

리앙제는 결심한 듯 말했다.

"우리 전에 안 쓰는 공방 있었잖아요? 제가 잠들어 있었던 곳이요. 라캉 아저씨께 거길 다시 정리해 달라고 해야겠어요."

"……에?"

그녀가 서운해하는 것은 지웅 슈 때문이 아니었다. 공방 안에 들어가지 못하게 된 것이 더 큰 이유인 듯 보였다.

어린아이들끼리의 승부욕?

그런 단순한 게 아니다.

윤선미는 그 모습에 자못 놀란 듯 눈을 동그랗게 떴다.

'그래, 둘은 더 이상 아무것도 모르는 아이가 아냐.'

이미 두 사람은 이곳에서 살아가는 방법을 몸소 깨달았고 자신이 할 수 있는 영역에서 최선을 다했다.

지웅 슈가 무열의 명령을 받고 공방에 틀어박힌 이유. 그건, 도움이 되기 위해서, 그리고 살아남기 위해서였다.

흑암이 트라멜을 덮쳤을 때 그가 치어 기름을 재료로 한 환을 만드는 것에 성공하지 못했다면 트라멜은 폐허가 되었을지도 모른다.

사명감.

어린 나이의 지웅 슈는 이미 어깨에 그 무게를 짊어졌었다.

"그리고 이거."

"응?"

"영주님께 언니가 전해주세요."

리앙제는 윤선미의 손에 무언가를 건네주고는 말했다. 손바닥을 펼쳐 보던 그녀는 가볍게 놀란 듯 눈썹을 씰룩이며 대답했다.

"이건…… 직접 보여드리는 게 어때? 아마 놀라실 것 같은데."

"아니에요. 이걸론 부족해요."

어느새 저만치 달려가는 리앙제는 두 팔을 걷어붙이고서 말했다.

"저도 질 수 없죠."

윤선미는 그런 그녀의 뒷모습을 바라보며 여전히 놀란 얼굴을 감추지 못했다.

'두 사람 모두 어린 나이에 어떻게…….'

그녀는 리앙제가 주고 간 물건을 움켜쥐었다.

"훗, 그래."

그러고는 마치 자신도 질 수 없다는 듯 알 수 없는 미소를 지었다.

부글…… 부글…….

치이익– 치이익–

파즉, 파즈즉……!!

플라스크에서 흘러나오는 연기와 스파크. 손에 들린 기다
란 막대기는 마치 용접기처럼 탁자 위에 있는 둥근 뭔가에 닿
을 때마다 번쩍이는 스파크가 튀어나왔다.

"후……."

땀이 비 오듯 쏟아지는 얼굴. 용접면을 벗으며 참았던 숨을
토해내는 어두운 공방 속에 나타난 얼굴은 앳된 지옹 슈였다.

"좋아, 거의…… 끝나가."

그는 눈앞에 있는 둥근 물체를 바라보며 낮은 목소리로 말
했다.

천천히 시선을 옮기자 둥근 물체 옆에 또 다른 빛나는 물체
하나가 있었다. 그가 조심스럽게 그것을 들어 올렸다. 그 순
간, 공방은 황금빛으로 가득 찼다.

[어째서 저런 꼬마를 데려가는 거지? 네겐 고리가 있잖냐.]

"이유는 간단해. 완벽하지 않기 때문이다."

회색 교장에 남아 있는 원로회는 모두 세 명.

울부짖는 고원의 정기를 사용해서 완벽하게 마력을 차단할

수 있는 것은 24시간 동안 단 두 번. 그것도 각각 1분씩이다.

문제는 세 명의 원로가 모두 한자리에 있을 것이라는 보장도 없거니와 만약 고리를 사용할 수 없는 시점에서 이제 B랭크인 다른 사람들이 얼마나 그들의 마력을 버텨낼 수 있는가가 문제였다.

"그렇기 때문에 마력에 대항하여 상대적으로 내성을 가지고 있는 최혁수와 윤선미를 넣은 거지. 그리고 강찬석의 빈자리를 오르도 창이 대신할 거고."

[진아륜은?]

"그 녀석은 말 그대로 조커(Jocker)."

카토 치츠카를 상대할 때처럼 그는 무열의 숨겨진 칼날이 되어줄 거다.

당연히 마음 같아서는 더 많은 사람을 데려가고 싶다. 필립 로엔의 창술, 천륜미의 암살술 등은 실질적으로 던전 공략에 도움이 될 테니까.

'하지만 이 이상 사람을 빼면 트라멜의 수비가 위험할 수 있다.'

[그래서 그 아이를 데려가려고 하는 거군. 확실히 재밌는 걸 만들기는 했다만…… 순금(純金)이 정령술을 얻는 데 필요한 재료라는 건 잊지 않았겠지.]

무열은 쿤겐의 말에 고개를 끄덕였다.

"물론."

[그런 중요한 걸 그렇게 쉽게 꼬마 녀석에게 주다니······.
네 녀석을 믿다가 어느 세월에 이 답답한 검에서 나올지 모르
겠군.]

"걱정 마라. 아무것도 하지 못하고 나락바위에 있을 때보단
나을 테니까."

[큭······.]

무열이 지옹 슈에게 준 물건은 다름 아닌 상아탑에서 그가
아티스 카레쉬에게서 받은 순금이었다.

확실히 얻기 쉬운 재료는 아니다. 하지만 그는 지옹 슈가 만
든 물건을 본 순간 도박을 해볼 가치를 느꼈다.

"아직 완성되지 못한 지옹 슈가 만든 물건이 현존하는 마법
사 중 가장 강력한 7인의 원로회에게도 통하는지 확인하는 것
이 더 중요하니까."

'그리고 만약 가능하다면······.'

그는 옅게 눈을 뜨며 눈썹을 씰룩거렸다.

'더 높은 타 차원의 종족들의 마력까지도 인류가 씹어먹을
수 있다.'

과격한 표현이지만 말 그대로다. 권좌에 오르는 것이 이 빌
어먹을 게임의 끝이 아니라는 것을 무열은 알고 있으니까.

아이러니하게도 권좌가 정해진 순간 더 큰 전쟁이 시작된

다. 그렇기 때문에 그 주인이 정해지기 이전에 무열은 인간끼리의 전쟁, 그 이상의 전쟁인 종족 전쟁을 대비해 최대한 준비를 끝내려고 했다.

'하지만 눈치채지 못하게.'

자신들을 이곳으로 끌어들여 놓은 신이 의심하지 않도록 자연스럽게.

[너는 정말 대단한 녀석이다. 끝을 알 수가 없어.]

쿤겐은 무열의 생각을 읽은 듯 말했다.

오랜 시간을 함께 있었기 때문일까 아니면 다른 이유일까. 아주 가끔이지만 서로의 생각이 쉽게 읽힐 때가 있다.

무열은 그의 말에 고개를 저었다.

"나는 그저 평범할 뿐이다."

콰아아아앙———!!!

콰가강———!!

트라멜의 연병장.

그 위에서 아래를 내려다보던 무열의 눈동자가 흔들렸다.

전쟁이라도 일어난 것 같은 굉음에 트라멜 안에 있는 사람들은 저마다 창문을 열고 이리저리 두리번거렸다.

"그리고 세상에 천재는 많지."

무열은 천천히 고개를 떨구며 말했다.

"최혁수."

"네."

"너…… 역술사가 아니군?"

그의 말에 최혁수는 그제야 씨익 하고 웃었다.

"맞아요."

용이 지면에서 요동치는 것처럼 그가 서 있는 발아래를 기점으로 연병장을 모두 채울 정도로 가득, 살아 있는 불꽃들이 수십 갈래로 휘몰아치며 꺼지지 않고 불타오르고 있었다.

그 위력은 가히 그가 3차 전직을 끝내고 얻은 초열의 극의, 업화(業火)에 비교해도 절대로 모자라지 않았다.

그뿐만이 아니었다. 마방진(魔方陣)을 그리듯 정확히 최혁수의 주위에 정사각형의 형태로 쐐기가 박혀 있었고 각각의 쐐기들은 저마다 모두 다른 속성을 뿜어내고 있었다.

"흠……."

겉으로 보기엔 그저 불꽃의 진법처럼 보였지만 그 안에 스며들어 있는 여러 속성은 서로를 보완하고 때로는 부딪혀 폭발시키며 그 힘을 배가하고 있었다.

그 힘은 때로는 불꽃이 되었다가 때로는 차가워졌다가 어느 순간엔 보이지 않는 안개가 되기도 했다.

"천지(天地)의 진법, 법화(法話)."

무열은 그의 말에 고개를 갸웃거렸다.

"천지의 진?"

그건 단 한 번도 들어본 적이 없는 진법이었다. 애초에 전생의 최혁수는 역술사가 아닌 풍수사라는 직업을 택했었으니까.

"원래대로라면 역술사로 전직을 하려고 했었는데 재밌는 걸 찾았거든요. 환술사의 2차 유니크 클래스."

탁-

펼쳐졌던 하얀색 작은 부채가 기분 좋은 소리를 내며 깔끔하게 접혔다.

"선술사(仙術士)."

그의 말에 무열 역시 똑같이 웃었다.

"선술? 안 어울려."

"크크. 그죠? 저도 그렇게 생각해요."

무열은 최혁수가 보여주는 진법을 확인하고는 만족스러운 듯 고개를 끄덕였다.

역사는 변했다.

그 연쇄작용으로 최혁수의 선택 역시 변하였고, 불세출의 천재가 전생에서 얻지 못한 새로운 힘을 가지는 결과를 만들어낸 것이다.

"참, 윤선미는? 2차 전직 이후 그녀에게 물어봤지만 아무런 대답도 하지 않더군. 혹시 그녀의 직업에 대해서 아는 거라도 있나?"

"글쎄요. 저도 잘……. 마녀는 다른 직업하고 다르게 전승

되는 거니까. 특별히 바뀐 건 없어 보이던데요?"

"그래?"

무열의 물음에 최혁수는 씨익 웃었다.

"사실 뭔가 있을 것 같긴 한데. 그쵸? 분명히 엄청난 걸 숨기고 있을 것 같은 예감이 팍팍 드는데."

그는 당장에라도 알고 싶어 미칠 것 같은 표정을 지으며 입맛을 다셨다.

"하긴, 굳이 확인할 필요 없지."

"……엑?

자신의 말에 오히려 궁금해할 것이라고 생각했던 최혁수는 너무나도 쉽게 수긍하는 무열의 모습에 오히려 의아했다.

'용단화(龍斷花).'

전생에 그녀가 가졌던 그 이명 하나만으로 이미 그녀의 재능은 충분하니까.

지웅 슈, 최혁수, 그리고 윤선미.

무열은 확신했다.

"모든 준비는 끝났다."

저벅— 저벅—저벅—

동이 트는 새벽녘. 발소리가 들렸다.

아니, 동이 터야 할 새벽녘임에도 불구하고 소리가 들리는 숲은 여전히 밤처럼 어두웠다.

"으…… 뻐근해."

을씨년스러운 정적을 깨뜨리는 목소리의 주인공은 다름 아닌 최혁수였다.

"정말 신기하네. 회색 교장이란 이름이 단순히 던전의 이름에 불과하리라 생각했는데."

두려움 따윈 없는 듯, 최혁수는 숲을 따라 걸어가는 내내 쉬지 않고 조잘거렸다. 긴장해야 할 이 순간에 어떻게 생각하면 가벼워 보이는 모습이었지만, 그가 긴장된 분위기를 풀어주기 위해 쉴 틈 없이 떠들고 있다는 것을 그곳에 있는 사람은 모두 알고 있었다.

"만지지 않는 게 좋다."

"에……?"

나무에 손을 가져가던 최혁수는 무열의 경고에 황급히 손을 잡아당겼다.

"숲 자체가 독이니까."

온통 잿빛. 나무에서부터 지면, 구름, 하늘까지 마치 색을 잃은 아날로그 화면처럼 이들의 주위는 회색뿐이었다.

"이제 거의 다 왔다."

회색 교장은 상아탑, 안티홈과 마찬가지로 결계가 쳐져 있기 때문에 플레임 서펀트로 이동하는 것엔 한계가 있었다.

꼬박 하루를 걸어온 지금, 드디어 을씨년스러운 건물 하나가 나타났다.

"명심해라. 보이는 걸 믿지 마라."

무열은 눈앞에 커다란 건물을 바라보며 낮은 목소리로 말했다.

"그 대신 너희들을 믿어라."

그러고는 한 치의 망설임 없이 그는 있는 힘껏 회색 교장의 문을 열었다.

크르르르르르르……

괴수의 으르렁거림처럼, 잿빛의 문은 그들을 집어삼킬 것처럼 거대한 입을 열었다.

58장
회색 교장 공략

"너, 뭔가 들뜬 것 같다."

"그럼요. 저 대장하고 같이 던전을 공략해 보는 거 사실상 처음인 거 알아요?"

빛 하나 들지 않는, 아니, 애초에 숲 자체에 빛이 없는 을씨 년스러운 회색 교장에 들어왔음에도 불구하고 최혁수는 오히 려 고양된 표정이었다.

"그런가?"

"네, 단지 이 냄새만 제외하면 말이죠."

최혁수는 코를 감싸며 눈살을 찌푸렸다. 던전 경험이 없는 지옹 슈는 숨 쉬는 것조차 힘이 드는지 간신히 입으로 호흡을 하고 있었다.

"인간이 아닌 걸 적을 두고 같이 싸우는 것도 흑암이 출몰

했던 이후로 처음인걸요. 아, 물론 무악부대를 만든다고 던전 사냥을 했던 건 제외예요. 거긴 도전이 아니라 말 그대로 훈련이었으니까. 공략된 던전이기도 하고 말이죠."

"까다롭군."

담담한 무열의 대답에 최혁수는 가볍게 웃었다.

'하지만 이상하다.'

회색 교장에 입장하자마자 무열이 느낀 의문점.

"저…… 근데, 메시지창이 뜨지 않았어요."

윤선미가 조용히 말했다.

그렇다. 조용한 듯 보이지만 눈치 빠른 그녀는 무열과 같은 의문을 가지고 있었다.

'회색 교장은 이미 알려져 있는 A급 던전이다. 게다가 지금쯤이면 이곳을 공략하러 올 사람도 없을 건데…….'

최초 발견자는커녕 던전에 입장했다는 메시지도 나오지 않았다.

그렇다면 이유는 한 가지.

"가능성이 완전히 없는 건 아니다."

"네?"

"이곳이 아직 던전화가 진행되지 않았다는 뜻이다."

무열의 말에 최혁수와 윤선미는 이해하지 못한 듯 되물었다.

"리앙제를 구하기 위해 트라멜의 공방에 갔었던 걸 기억할 거다. 그때 공방은 지금과 반대로 던전화가 되어 있는 다른 공간이었지."

"으음……."

"세븐 쓰론엔 기본적으로 던전이 존재하지만 특정한 조건이 충족되면 새로운 던전이 만들어지기도 한다. 어쩌면 우리가 던전화가 되기 전에 이곳에 먼저 도착한 걸지도 모르지."

최혁수는 무열의 말에 살짝 인상을 찡그렸다.

"그럼…… 그다지 이득이 아니지 않아요? 던전화 조건이 뭔지는 모르겠지만 변형이 되고 찾아오는 게 더 나을 것 같은데."

"최혁수, 우리가 이곳에서 싸우는 이유가 단순히 아이템을 얻고 강해지기 위해서만이라면 그렇겠지."

그 순간, 무열의 차가운 말투에 최혁수는 자신도 모르게 어깨를 움찔하고 말았다.

"7인의 원로회를 그대로 남겨두면 분명 대륙에 큰 위험이 될 것이다. 비전의 샘의 안정을 위해서라도 그들을 그냥 둘 수 없어."

"그렇죠."

"우리가 권좌에 올라야 하는 이유를 잊지 마라."

"……죄송해요."

그는 회색 교장의 계단을 오르며 말했다.

"그리고 걱정 마라. 질릴 정도로 많은 던전을 나와 함께할 테니까."

최혁수는 그의 마지막 말에 씨익 웃으며 손등으로 코끝 가볍게 문질렀다.

하지만 정작 무열의 머릿속은 여전히 복잡했다. 알른 자비우스에게서 얻은 회색 교장의 지도를 보면 전생의 기억과 다르지 않다.

하지만 가장 큰 차이가 하나 있었다.

'생각해 보면 회색 교장의 공략이 성공한 뒤에도 7인의 원로회를 잡았다는 소문을 들어본 적은 없다. 어쩌면…….'

회색 교장을 가장 먼저 클리어한 사람은 훼인 레이놀즈였다.

그 당시엔 알카르의 폭주 이후 카나트라 산맥이 폐허가 되는 바람에 그 근처에 있는 회색 교장에 들르는 사람은 아무도 없었다.

'회색 교장이 던전화가 된 것은 반대로 7인의 원로회가 모두 죽었기 때문일지도 모른다.'

과연 누가?

대규모 병력이 움직였던 적도 없다. 그런 와중에 하나하나가 괴물 같은 원로회의 장로를 세 명이나 죽였다.

"흐음……."

전생에서 이강호는 트라멜을 거점으로 하여 무열과 반대로 서쪽을 먼저 공략했고 휀 레이놀즈는 그 틈을 타 번슈타인가와 라니온가를 자신의 권세 안에 포함시켰다.

북부 7왕국 중 가장 강력한 두 가문의 위력이 얼마나 대단한지는 누구보다 무열이 가장 잘 알았다. 때문에 그는 이강호의 전철을 밟지 않고, 신록의 마음을 얻으면서 북부 토착인들 중 강력한 두 가문을 자신의 손 아래에 둔 것이다.

'휀 레이놀즈는 원로회가 모두 죽고 난 뒤 던전화된 회색 교장을 클리어했을 뿐이다.'

자신과 마찬가지로 7인의 원로회에 관심을 가졌던 자가 전생에도 있었던 것일까.

"……."

하지만 아무리 고민을 해봐야 이미 돌아갈 수 없는 과거의 생이다.

저벅, 저벅.

'지금은 앞으로 나아갈 수밖에.'

회색 교장(灰色敎場)은 비전의 샘이 있는 서리고원과 반대로 동북부 쪽에 위치해 있었다.

그곳과 가장 근접해 있는 나라는 북부 7왕국의 번슈타인가(家)였다. 그러나 7왕국 중에서 가장 큰 세력을 가진 벤퀴스 번슈타인이라 할지라도 회색 교장이 있는 곳에 손을 대지 않았다. 단순히 7인의 원로회가 두려워서가 아니다. 이곳의 가장 무서운 점은 회색 교장 아래에 있는 납골당(納骨堂) 때문이다.

7인의 원로회 중 한 명, 웰 바하르는 세븐 쓰론의 역사 속에서 가장 많은 전투가 일어났고 그 역사의 증인들이 잠들어 있는 납골당 위에 회색 교장을 지었다.

삐거덕…… 삐거덕…….

빠드드득…….

'7인의 원로회 중 한 명인 웰 바하르는 죽었다.'

그들을 모시던 아티스 카레쉬 역시 현재 살아 있는 원로회는 이제 세 명이라고 했다.

하지만, 모두가 간과한 것이 있었다.

"저…… 저기!!"

다급한 지웅 슈의 외침과 함께 모두의 시선이 계단 위를 향했다.

"……"

을씨년스러운 공기와 함께 코를 찌르는 시체의 썩은 내가 진동하는 교장 1층의 모습을 보며 무열은 약간의 의심을 했었다. 그리고 지웅 슈가 가리킨 방향을 바라보고 자신의 예감이 틀리지 않음을 깨달았다.

"그렇게 되는 거군."

[누구냐, 너는. 어째서 나와 비슷한 냄새를 풍기고 있는

거지?]

계단에서 들려오는 음침한 목소리. 결코 인간의 것이 아니다.

무열은 그를 바라보며 담담한 표정으로 대답했다.

"누가 누구 보고 비슷한 냄새라는 거지? 시체가 되어 맡을 수가 없어서 모르는가 본데. 네 악취는 감당할 수 있는 수준이 아니라고."

갓처럼 챙이 넓고 커다란 모자로 얼굴을 가린 그의 찢어진 로브 안으로 살이 아닌 뼈가 여실히 보였다. 그가 움직일 때마다 뼈와 뼈가 부딪히는 소리가 들렸다. 괴상한 그 모습에 지옹 슈는 파르르 떨며 윤선미의 뒤에 숨었다.

"네크로맨서…… 아니."

무열은 자신들을 향해 걸어오는 시체를 바라보며 말했다.

"리치(Lich), 웰 바하르."

콰가가가강———!!!!

콰가강———!!

대답 대신 들려오는 굉음.

오르도 창이 지옹 슈와 윤선미의 앞을 막아섰고 최혁수는 본능적으로 바닥에 쐐기를 박았다.

땅의 진법, 토룡(土龍).

바닥에서 솟아 나온 두꺼운 흙벽에 그들을 향해 날아오는 뼈들이 박혔다. 그저 단단하기만 한 흙벽이 아닌, 마치 살아 있는 것처럼 벽은 맹렬한 공격을 흡수했다.

선술(仙術)이란 새로운 히든 스테이터스를 익힌 최혁수의 오행술의 위력은 더욱더 강해진 것이다.

[날 그따위로 부르지 마라!!!!!!]

웰 바하르는 지금 자신의 상태를 부정하는 것처럼 몇 개 남지 않은 이빨을 들썩이며 소리쳤다.

"자기가 죽은지도 모르는 건가. 대륙을 들썩이게 만들었던 7인의 원로회의 말로가 이런 거라니."

네크로맨서인 웰 바하르는 죽었다. 교장의 1층을 지배하고 있는 그는 더 이상 인간이 아닌 리치가 되어 영생(永生)을 유지하고 있었던 것이다.

"나인 다르혼의 말대로 그가 너희들보다 훨씬 더 뛰어난 마법사였군."

[네놈이 어째서 그 녀석을……!!]

"어째서냐고?"

무열은 천천히 손가락을 펼쳐 중지 손가락에 껴 있는 영혼 반지를 그의 앞에 보였다.

[……!!]

눈알이 없는 눈에서 붉은 광체가 번뜩였다.

[네가 왜 그걸 가지고 있지?]

"그뿐이 아니지."

스르르릉─

"이걸 알려주는 건 나에게 새로운 힘을 준 너에 대한 나의 배려다."

우우우우웅……!!!

우우웅……!!

무열의 어깨를 타고 마력 정기로 중첩된 회색빛의 힘이 뇌격의 검날에 스며들었다.

[영혼력……?! 믿을 수 없군.]

웰 바하르는 그 모습을 보며 놀란 듯 목소리를 높였지만 이내 콧방귀를 뀌었다.

[하지만 고작 그 힘으로 날 상대하겠다는 말이냐. 아둔하기 그지없구나. 영혼력이야말로 나인 다르혼 이전에 내가 발견한 것. 내 영생의 이유이자 내 힘의 근원. 그런 힘으로 나에게 해를 끼칠 수 있으리라 생각하느냐.]

"흠."

무열이 자신의 검을 한 바퀴 돌리며 말했다.

"사제 간은 닮는 건가? 나인 다르혼이나 너나 말이 많군. 뒈진 주제에 말이야."

[뭐…… 뭐라!!!]

차가운 목소리였다. 마치 눈앞에 있는 괴물 따위는 안중에도 없다는 듯 그는 더 높은 곳을 바라보고 있는 듯했다.

"누가 이 힘으로 싸운다고 했지? 뇌가 없으니 이해력도 달리나 보군. 요단강을 건넜으면 곱게 잠들어라."

"무……."

그 순간, 무열의 옆에 있는 아키가 낮게 울었다.

[……!!!!]

나인 다르혼의 영혼 반지를 발견했을 때보다 더 놀란 듯한 웰 바하르의 모습.

[하여간 어떨 때 보면 진짜 잔인한 놈이라니까.]

쿤겐의 말에 무열은 가볍게 웃었다.

순간, 썩은 시체들로 악취가 나던 교장의 1층을 새하얀 광명의 빛이 감쌌다. 아키에게서 흘러나오는 광휘력이 무열의 반대쪽 뇌전에 스며들었다.

[신록, 아키의 힘이 검날에 스며듭니다.]
[신수와의 동조(同調)로 광휘력을 일시적으로 발휘할 수 있습니다. 동조가 끝나면 광휘력은 사라집니다.]
[광휘력이 비약적으로 증가합니다.]
[광휘력이 9,000 Point 상승하였습니다.]

메시지창을 읽으며 무열은 아키의 이마를 가볍게 쓸었다.

"성장했구나, 너도."

무열이 비전의 샘에 도달했을 당시 그 옆에서 샘의 물을 핥았던 아키는 그 짧은 사이에 1,000포인트의 광휘력이 더 늘었다.

하지만 그보다 더 놀라운 일은 그 엄청난 힘을 받아들인 무열이 그 어떤 떨림도 없이 평온한 얼굴을 유지하고 있는 점이었다.

[어…… 어떻게!!]

처음 아키에게 광휘력을 받았을 때와는 전혀 다른 모습.

그것은 아키의 성장만큼, 아니, 그보다 훨씬 더 무열의 성장 속도가 월등하다는 것을 의미했다.

"그리고 이젠 나에게 감사히 여겨라."

담담한 목소리로 그가 말했다. 영혼력과 광휘력이 담긴 두 자루의 검을 바라보며 웰 바하르는 믿을 수 없다는 듯 소리쳤다.

[상반된 두 힘을 동시에 쓸 수 있다는 건 들어본 적 없는 일이다!! 아니, 불가능해!!]

"그래?"

그 순간, 영혼력이 있던 뇌격의 검날의 겉을 짙은 어둠의 아우라가 감쌌다.

[아, 암흑력……!?]

평생 불가능이라고 생각했던 일을 눈앞에 너무나도 아무렇지 않게 발현하는 무열을 보며 웰 바하르는 자신이 생각했던 모든 규율이 파괴되는 기분이었다.

[이노옴……!!]

그 붕괴는 분노가 되어 돌아왔다.

콰드드드득……!!

콰드득……!!

웰 바하르가 들고 있던 지팡이를 있는 힘껏 내려치자 바닥이 갈라지며 수십 마리의 언데드 기사가 지하에서 튀어나왔다.

"고작……?"

비현실적인 그 모습에 놀랄 수도 있었지만 오히려 무열은 실망스러운 표정을 지었다.

"유품을 잃어버려서 실력도 덩달아 줄어든 거냐. 그만 끝내라. 나인 다르혼과 마찬가지로 내가 그 지겨운 삶의 끈을 끊어줄 테니."

[……!!!!!]

영혼 반지가 껴 있는 오른 손목에 감겨 있는 팔찌.

웰 바하르는 그것을 보자마자 경악을 할 수밖에 없었다.

[그, 그건 내……!!]

쿠르르르르……!!

웰 바하르가 그랬던 것처럼 무열이 검을 휘두르자 언데드 기사가 나왔던 갈라진 지면에서 또 다른 언데드들이 튀어나와 웰 바하르의 병사들을 막아섰다.

"……!!"

언데드와 언데드의 싸움.

처음 보는 광경에 그 자리에 있던 나머지 사람은 모두 입을 다물지 못했다.

파앗—

더 이상 기다릴 필요 없다. 욕망 때문에 인간의 삶을 포기한 자에게 시간 낭비를 할 이유는 없으니까.

무열의 몸이 움직였다.

"……."

눈으로 좇을 수 없는 빠르기. 그와 동시에 그의 등 뒤로 흐릿하게 보이는 오색(五色)의 예기.

단숨에 거리를 좁혀 웰 바하르의 앞으로 다가선 무열을 보며 오르도 창은 자신도 모르게 주먹을 쥐었다. 아니, 그곳에 있는 모든 사람이 무열을 주시했다. 트라멜 이후 처음으로 그가 싸우는 모습을 보는 거니까.

[크아아아아아아———!!!!]

자신들의 변화는 보여주었다. 그와 동시에 그들의 마음속에 담겨 있는 궁금증. 과연…… 자신을 이끄는 강무열이란 남자의 변화는 어디까지 도달했을까 하는 것.

서걱-

그리고 그들의 의문에 보란 듯이, 검(劍)이 공기를 갈랐다.

이강호가 트라멜에 자신의 거점을 완성하고 훈련소를 세웠을 때, 창왕 필립 로엔과 권사 베이 신을 비롯해 많은 강자가 훈련법을 개발했었다.

'신체 강화술(身體强化術).'

전체적인 기본 육체를 강화시키는 이 훈련법은 따로 스킬화가 되는 것이 아니기 때문에 상태창에 등재되지 않지만 분명 그 어떤 훈련법보다 효과적이다.

무열이 3거점의 사람들에게 가르쳐 준 것이 바로 이 신체 강화술. 그것을 토대로 강찬석과 필립 로엔이 지금 유입되는 모든 병사를 훈련시키고 있었다.

전생에 무열 역시 검병2부대에 배치되면서 이와 같은 훈련을 했었다. 하지만 무열은 전생의 훈련소에서 단지 신체 강화술과 강검술만 배웠던 것은 아니다.

아직 그가 자신의 병사들에게 가르치지 못한 것이 하나 있었다.

바로, 던전의 공략법.

생과 사가 오가는 사냥터에서 때로는 감각적인 본능이 중요하지만 때로는 몸보다 머리가 빛나는 기질을 발휘해야 할 때가 있다.

공략을 시도했던 데이터를 통해서 가장 비슷한 환경을 만들어내 몇 번이고 시뮬레이션하여 결국은 몸을 넘어 뇌에까지 그 공략법이 주입되게 만드는 훈련법.

'하지만 그건 내가 가르치고 싶어도 할 수 없는 일이다.'

훈련소에서는 이 훈련법을 이렇게 불렀다.

'아카이브(Archive)'.

왕좌지재(王佐之才), 앤섬 하워드. 휀 레이놀즈의 책사였으며 그가 죽은 후 이강호를 모시게 되었던 남자.

훈련소에서 이 방법을 고안한 그는 현실에서는 최연소 노벨상을 수상한 물리학자이며 4개 분야의 박사 학위를 가지고 있는 또 다른 천재였다.

어째서 갑자기 이 아카이브에 대한 이야기가 나왔느냐 하는 것은, 대륙에서 유일하게 아카이브를 학습한 무열이 스스로도 인지하지 못하는 상황에서 이것을 전투에 응용하고 있었기 때문이다.

바로, 지금처럼.

콰아아아아아아앙———!!!

웰 바하르의 암흑력이 솟구쳐 오르며 그의 지팡이에서 날카로운 여러 개의 니들(Needle)이 생성되었다.

하지만 무열은 날카로운 가시들의 괘도를 예측한 것처럼 좌우로 몸을 움직였다.

굴절(屈折).

그 순간, 공간이 비틀리는 것처럼 흔들리더니 웰 바하르의 니들이 그를 지나쳐 흩어졌다.

종이 한 장 차이로 그의 공격을 피함과 동시에 무열이 그의 코앞에 당도했다. 웰 바하르가 황급히 지팡이를 휘둘렀지만 이미 그곳에 무열은 없었다.

[이…… 놈!!!!]

그는 자신의 공격을 쉽게 흘려 버린 무열을 향해 붉은 안광을 뿜어내며 소리쳤다. 하지만 그를 비웃듯 그 목소리보다도 더 빠르게 무열은 그의 시야를 벗어나 등 뒤로 사라졌다.

"하……."

최혁수는 그 모습을 보며 자신도 모르게 감탄을 내뱉고 말았다.

콰직———!!!!

무열이 웰 바하르의 어깨에 뇌격을 집어넣었다. 그러고는 세로로 날을 비틀자 어깨관절 사이로 그드득……!! 하는 뼈가 갈리는 소리가 들렸다.

"최혁수."

"네?!"

"지금부터 잘 보고 기억해라. 운이 따른다면 그 남자를 찾을 수 있겠지만…… 지금 상황에서 아마도 너만이 가장 근접한 체계를 만들 수 있을 테니까."

"그 남자라뇨?"

"언젠가 기회가 된다면 얘기하지. 하지만 딱히 둘이 만난다고 해도 협력을 할 것 같진 않거든. 넌 그자를 엄청 싫어했으니까. 그 전까진 네가 해야 한다."

"……에?"

"천재가 아니면 만들 수 없으니까."

무열의 공격을 넋을 놓고 보고 있던 최혁수는 그의 말에 깜짝 놀라며 고개를 들었다.

"세븐 쓰론은 분명 토착인이 살아가는 대륙이지만 한 가지 특이점이 있다. 같은 공간이면서도 일정한 조건이 완성되면 달라지는 현상."

"던전화를 말하는 거죠?"

자신 있게 말하는 최혁수를 향해 무열이 고개를 끄덕였다.

"맞아."

[크아아아아……!!!]]

웰 바하르의 비명이 들렸다. 하지만 무열은 그의 고통 따위는 안중에도 없다는 듯 무표정한 목소리로 말을 계속 이었다.

"지역, 동굴 혹은 지금처럼 건물이 던전화가 진행되면 생겨나는 차이점이 뭘까."

최혁수는 갑작스러운 그의 질문에 갸웃거렸다.

평온하던 트라멜이 아닌 전투가 한창인 지금 어째서 이런 질문을 하는 걸까.

하지만 그 역시 바닥에 튀어나온 언데드들을 향해 초열의 진을 박아 넣으며 대답했다.

"리셋(Reset)……?"

"절반. 좀 더 생각해 봐. 리셋이 된다는 것은 곧 처음으로 돌아가는 것. 즉, 리스폰(Respawn)이 된다는 말과 일맥상통. 그건 곧 몬스터들의 위치와 숫자까지 그 자리에 다시 생성된다는 말이다."

무열은 광휘력으로 감싼 뇌전을 다시 한번 웰 바하르의 옆구리에 박아 넣었다.

"리스폰 된다는 건 무엇을 의미할까."

타는 듯한 연기와 함께 웰 바하르의 갈비뼈에 금이 가며 조각조각 부서졌다.

"바로, 패턴이 존재한다는 뜻이다."

웰 바하르가 바닥에 지팡이를 내려찍으려 하자 무열은 그보다 더 빠르게 지팡이의 끝을 발로 쳤다.

그의 몸이 휘청거리며 마법진이 생성되려다가 사라졌다.

[크윽……?!]

"인간이 아닌 몬스터만이 가지는 정형화(定型化). 그건 단지 생성되는 것에만 국한된 것이 아닌 공격, 방어, 생각의 패턴까지 정형화된다는 말이지."

무열이 리치가 된 웰 바하르를 보고 당황하지 않았던 이유도 그 때문이었다.

"그가 살아생전엔 위대한 네크로맨서였을지라도 리치가 된 이상 몬스터의 공격은 결국 일정한 패턴을 가지게 된다."

마치, 게임처럼.

자율 의지가 아닌 일정한 규칙 속에 속박되어 있는 존재들이 바로 그들이었다.

"리자드맨이 리자드 워리어가 되고 리자드 킹이 되어도 결국 주요한 스킬은 같은 범주 안에 있다는 말이다."

스킬(Skill).

세븐 쓰론을 구성하는 가장 중요한 요소.

자유로운 세상처럼 보이지만 분명히 수치화되고 규율이란 시스템이 정해진 세계다.

앤섬 하워드는 이 요소를 포착하고 아카이브라는 훈련법으로 고안해 내 모든 병사에게 가르쳤다.

'과거 그의 행보에 대해서 아는 것이 없다. 내가 이강호의

부대에 투입되었을 때 이미 그는 휀 레이놀즈의 권세 아래에 있었으니까.'

만약 그렇다면 무열이 앤섬 하워드를 휀 레이놀즈보다 먼저 얻는 것은 어려운 일일지도 모른다.

'그를 적으로 만나게 된다면 아카이브 훈련법을 개발하는 데 너무 오랜 시간이 걸린다.'

무열은 그 시간을 앞당기기 위해 자신이 알고 있는 기본적인 베이스를 토대로 훈련법의 기초를 만들려는 것이다.

'최초의 검술 창조자라는 타이틀처럼 아카이브를 고안해 내면 다른 창조자 타이틀을 얻을 수 있을 것이다.'

하지만 타이틀의 욕심보다 무열이 원하는 것은 최소한의 희생으로 권좌에 올라 종족 전쟁을 대비하는 것이었으니까. 단지, 최소한의 안배라면 앤섬 하워드가 훈련법을 고안해 내기 전에 최혁수에게 그 타이틀을 얻게 해주려는 것.

'신체 강화술(身體强化術)의 훈련법은 이미 필립 로엔이 병사들에게 가르치고 있다.'

하지만 무열 역시 그 훈련법을 완벽하게 터득한 것이 아니기 때문에 창조자 타이틀을 얻지 못했다.

'앞으로 있을 전쟁을 위해서는 신체 강화술 역시 완성해야 한다.'

그때는 못 했지만 지금은 할 수 있을 것 같은 생각.

불멸회의 마력 붕대, 여명회의 마도 검술, 그리고 자신의 훈련법과 마력을 토대로 오히려 이강호가 창안한 것 이상의 훈련법을 만들 수 있다.

'이강호는 신체 강화술을 완성할 때 필립 로엔과 베이 신을 함께 두었다.'

두 사람 중 한 명이 이미 자신의 수중에 있다. 그리고 나머지 한 명 역시, 곧 그리되리라.

'이제 모든 걸 완성하고 준비할 것이다.'

이강호가 도달하지 못한 더 높은 영역까지.

[크아아아아……!!]

그것을 위해 필요한 것이 바로 이 회색 교장의 공략이었으니까.

"앞으로 너희는 질릴 정도로 많은 던전을 나와 함께할 거다. 그리고 하나하나 기억하는 거다. 몬스터들의 패턴을."

무열의 말에 최혁수의 대답 대신 들리는 것은 웰 바하르의 비명이었다.

간담을 서늘하게 만드는 리치를 두고서 이토록 여유 있는 모습이라니.

나머지 사람들은 눈으로 보고도 믿을 수 없는 눈치였다.

"죽었는데도 고통은 느껴지나 보지?"

무열은 고통에 찬 그의 외침에도 불구하고 아무렇지 않게 다시 한번 검을 찔러 넣고는 그대로 웰 바하르의 옆구리를 발로 강하게 밀었다.

콰아앙……!!!!

그의 몸이 휘청거리며 크게 흔들리더니 벽에 박혔다.

[크르르르……!!]

그 순간, 계단 밑에서 튀어나온 언데드 기사가 무열을 덮쳤지만 녀석의 검이 닿기도 전에, 무열은 고개도 돌리지 않은 채 주먹으로 기사의 머리를 부숴 버렸다.

퍼어억……!!

돌이 깨지는 소리와 함께 언데드 기사의 머리가 산산조각이 나며 그대로 몸이 무너져 내렸다.

"자, 이제부터 훈련이다. 하나부터 열까지 놓치지 마라."

"……넵!!"

최혁수가 토룡의 진을 해제하고 품 안으로 쐐기를 집어넣으며 소리쳤다. 그러곤 손을 펼치자 그의 손가락 사이사이에 개량된 작은 보옥이 꽂혀 있었다.

"그리고 두 사람, 너희도 마찬가지다. 최혁수가 전술을, 오르도 창은 검술을, 윤선미는 마법을. 지금부터 내가 하는 모든 걸 기억하고 습득해라."

무열은 검 한 자루를 집어넣었다. 쌍검이 특기인 무열이 검을 집어넣는 것을 보며 오르도 창은 그것이 자신 때문이라는 것을 직감했다. 흑암(黑暗)을 물리치고 나서 얻은 검, 흑운(黑雲)을 쓰게 되면서 그 이후부터 오르도 창은 고유의 쌍검이 아닌 외검으로 수련을 했기 때문이다. 그리고 그건 무열의 명령이기도 했다.

"쌍검을 쓰는 사람은 극히 드물다. 물론 연사검의 특징을 살리려면 쌍검이 좋지만, 연사검 이외에 많은 검술을 습득하기 위해서는 외검으로 먼저 수련할 필요가 있다."

무열이 트라멜을 떠난 뒤에도 오르도 창은 그의 명령을 기억하며 지금껏 계속해서 흑운 한 자루로 검술을 익혔다.

그리고 그 명령 속에는 필립 로엔과 강찬석 이외에 병사들을 수련시키기 위한 교관으로 오르도 창을 염두에 두고 있다는 의미도 내포되어 있었다.

'필립 로엔에게 창술을, 강찬석에게 부(斧)술을, 그리고 오르도 창에게 검술을 맡긴다.'

그것이 무열이 그리는 훈련소의 큰 그림이었다.

"너는 앞으로 내가 싸우는 법을 기억하고 병사들을 가르쳐야 할 것이다."

"명심하겠습니다."

"그리고 윤선미, 너 역시. 마녀와 마법사는 분명 다르지만 마력을 운용한다는 것에서 전투 스타일은 크게 다르지 않다."

"……알겠어요."

"자신감을 가져라. 앞으로 네가 해야 할 일이 많다. 여명회와 불멸회, 두 마법회에서 뽑을 마법사들을 기반으로 트라멜의 마법부대를 만들 거니까."

"……!!"

"그리고 그들의 리더가 바로 너다."

"네?!"

무열은 그녀를 바라봤다.

"나 이외에 트라멜에서 마법을 쓸 수 있는 사람은 너뿐이니까. 그리고 너라면 충분히 그들을 다룰 수 있다."

그의 말에 당사자인 윤선미는 믿을 수 없다는 듯 깜짝 놀랐지만 이것 역시 이미 두 마법회의 주인이 된 순간 무열의 머릿속에 계획되어 있던 일이다.

"어떻게 제가……. 여명회와 불멸회라면 엄청난 마법사들이 있는 곳이잖아요."

그녀는 떨리는 목소리로 말했다. 하지만 그것도 잠시, 그녀는 자신에게 달려드는 언데드를 향해 미스틱 서클을 흩뿌리느라 정신이 없었다.

마치 이런 중대사를 결론지을 때, 반발하지 못하도록 일부러 급박한 상황에서 말하는 것 같아 그녀는 무열이 얄미운 생각마저 들었다.

'걱정 마라. 넌 이강호의 일곱 제자 중에 유일한 마법 계열의 능통자였다. 지금은 그렇지만 자신의 부대가 완성된 순간 누구보다 잘 다룰 테지.'

이미 그녀가 부대를 이끌고 선두에서 싸우는 모습을 봤었던 무열이니까.

윤선미가 이끌었던 마도부대 '목화단(木花團)'.

무열은 이제 그 부대의 창설이 가까워졌음을 느꼈다.

[χωο−φγ−ω!!!!]

벽에 박혔던 웰 바하르가 몸을 일으키며 주문을 외었다. 하지만 그보다 더 먼저 무열은 검을 쥐지 않은 나머지 손으로 마력을 응축해 그의 머리에 처박았다.

콰아아아앙……!!!

강렬한 폭음과 함께 웰 바하르의 머리가 찍힌 회색 교장의 기둥이 무너질 듯 흔들렸다.

"……설마 저보고 그렇게 싸우라는 건 아니죠?"

윤선미는 반쯤 파묻힌 웰 바하르의 얼굴을 바라보며 더듬거리는 목소리로 말했다.

"회색 교장에 있는 남은 원로회가 고작 이 정도 수준이라면 여긴 공략하기 어려운 던전이 아니라 좋은 훈련장이 되겠지."

[크…… 크르르…….]

무열은 손을 털고서 일어서며 말했다.

"이틀 안에 모든 공략을 끝낸다."

"어떻게 생각해?"

"리치를 상대하는 법을 알고 있어. 강력한 마력을 가질 수 있지만 상대적으로 육체적 능력이 현저하게 떨어지는 게 단점. 사실상 전투 능력으로만 본다면 그다지 강한 건 아니지."

"뭐, 그 녀석은 누구보다 강한 마력을 원했으니까. 소원대로 됐지."

"클클……. 그래? 잘은 말하는군. 웰 바하르를 그렇게 만든 게 누군데. 고마워라도 하라는 거냐."

어둠 속에서 들리는 대화. 으르렁거리는 듯한 음침한 목소리가 두 사람의 대화를 뚫고 들렸다.

"구스타브, 노망이라도 든 게냐. 오늘따라 말이 많은데?"

"……그저 조금 흥이 돋았을 뿐. 오랜만에 찾아온 손님이 꽤나 재밌는 녀석이라서 말이야."

그 목소리에 잠시 뜸을 들이던 구스타브라는 남자는 자신의 로브를 잡아당겨 얼굴을 가리며 시선을 피했다.

"우리가 녀석을 리치로 만든 건 회색 교장에 쓸데없는 소란

은 만들지 않기 위함이었다. 그리고 그건 백 년이 넘게 지켜
졌었고."

"그래, 하지만 저 처참한 모습을 봐라. 게다가 알른 자비우
스가 죽었다. 비전의 샘이 막힌 지금 어쩌면 우리가 조금 곤
란해진 건지도 몰라."

"글쎄……. 정말로 그렇게 생각하나. 칼네레, 그런 것치고
는 입가에 미소가 있는데."

"……킥."

쇠를 긁는 듯한 비소(誹笑) 가득한 웃음. 탁자 위에 손가락을
까닥거리는 소리가 기분 나쁘게 들렸다.

"녀석이 만약 웰 바하르를 잡고 그걸 얻는다면…… 그다음
은 내가 하지."

"다시 말하지만 이건 놀이가 아냐. 이미 녀석은 가망이 없
다. 쓸데없이 기다리지 마라."

"판 오만, 자네야말로 쓸데없이 진지하군. 걱정 말게. 지금
내가 일어났으니 말이야."

"끌끌끌……."

그의 말에 구스타브는 나지막하게 웃었다.

드르르륵.

테이블의 의자가 뒤로 밀리며 어둠 속에서 칼네레라는 남
자는 뻐근한 듯 고개를 좌우로 꺾었다.

"우리의 실험도 막바지다. 이건 그저 작은 소란에 불과해. 누가 비전의 샘을 다시 원래대로 돌려놓으러 갈지나 결정하는 게 좋을 거다. 잘 알겠지만 나는 빛이 싫거든."

그는 천천히 방문을 나섰다. 그러고는 방문의 손잡이를 잡은 채 천천히 누런 이를 보이며 웃었다.

"녀석은 내가 잡아먹어 주지."

"언데드를 잡기 위해 가장 효율적인 방법은 역시 화공(火攻)이다. 하지만 속성석을 모두 갖춘 부대나 마법, 진법을 쓸 수 있는 부대는 흔치 않다."

무열의 주변에 있던 언데드들은 이미 새까맣게 타서는 재가 된 지 오래였다. 그는 부서진 뼈들을 발로 무심하게 툭 치고는 손목을 꺾으며 검을 한 바퀴 휘둘렀다.

화르르르륵……!!

그러자 검날에 화진검(火眞劍)의 불꽃이 일었다.

[크아아아아!!]

영롱한 화염이 쓰러진 웰 바하르의 쇄골에 꽂힌 순간 그가 몸에 머금고 있는 암흑력과 화염이 서로 반응하며 연기를 뿜어냈다.

"그렇기 때문에 그다음으로 사용하는 방법은."

무열이 뇌격을 뽑아서는 양손으로 붙잡고는 머리 위로 검을 올렸다. 조금 전까지 불타오르던 화염이 사라지자 그는 있는 힘껏 검을 내려쳤다.

콰드득……!!

뼈가 부서지는 소리와 함께 웰 바하르의 어깨가 산산조각이 나며 그의 왼팔이 바닥으로 떨어졌다.

"오르도 창, 너는 가능하겠지만 일반 병사 중에는 언데드 뼈를 자를 수 있을 만큼 근력 수치가 높은 사람이 많지 않다. 그렇기 때문에 전방에 배치한 도끼병들로 하여금 이렇게 관절의 마디를 부순다. 그다음."

웰 바하르의 비명이 들렸다.

[감히……!!! 나를 상대로……!!]

하지만 그는 지금의 고통이 중요하지 않았다. 그의 머릿속엔 어째서 자신의 마법이 통하지 않는 것인지에 대한 의문이 가득 했다.

첫 번째, 마력이 증가하면서 자연스럽게 함께 증가하게 된 무열의 마력 내성력. 두 번째, 소울 이터로 전직을 하게 됨으로써 인간이 아닌 리치의 사념에 직접 타격을 가할 수 있다는 점. 그리고 마지막으로 웰 바하르와 똑같은 암흑력을 보유하고 있는 무열에겐 동일 속성에 대한 대미지가 절반으로 들어

가는 세븐 쓰론의 특수성이 복합적으로 적용되었다는 걸 웰 바하르는 알 수 없을 것이다.

이것이 리치가 된 그를 보고 무열이 회색 교장을 던전 공략이 아닌 훈련의 장소로 정할 수 있게 된 가장 큰 이유였다.

"물론 화염보다도 효율적인 방법은 언데드가 가진 암흑력보다 더 높은 마력을 그 몸 안에 처박아 넣는 것이겠지만."

그리고 보란 듯이 그걸 행하고 있었다.

콰아아아아앙……!!!

무열의 손바닥에 응축된 푸른 마력 구체가 녀석의 가슴에 닿는 순간, 그가 입고 있던 로브가 갈기갈기 찢기며 앙상한 갈비뼈가 폭발과 함께 부서졌다.

"물론 이건 윤선미, 너의 마도부대만이 할 수 있는 공격술이 될 것이다. 마도검술을 익힌 여명회의 전투 마법사들을 배치할 거니까."

"……"

압도적인 힘.

A급 던전이라 알려져 있던 회색 교장의 파수꾼인 웰 바하르를 마치 장난감 다루듯 가지고 노는 무열을 보며 세 사람은 뭐라 할 말이 떠오르지 않았다.

"하긴, 잘 생각해 보면 이상한 것도 아니에요."

최혁수는 이 말도 안 되는 상황을 바라보며 고개를 끄덕였다.

"응? 그게 무슨 말이야?"

"그전에도 이런 적이 있었으니까. B급 던전이었던 선혈동굴을 대장은 D랭크일 때 클리어했잖아요. 그때도 물론 파티원이 있었다고는 하지만 무려 두 단계나 차이가 나는 던전을 공략했단 말이죠."

최혁수는 떨리는 눈동자로 무열을 바라보며 말했다.

"그런데 지금은 B랭커. 고작 한 단계 상위 던전인 회색 교장 따위는……."

그러고는 쓴웃음을 지었다.

"이제는 좀 가까워졌다고 생각했는데…… 이거야 원. 인정하고 싶지 않아도 인정할 수밖에 없게 만드네요."

천재마저 인정하게 만드는 그의 힘. 이건 단순히 미래를 알기 때문에 가능한 것은 분명 아닐 것이다.

선혈동굴의 벤누.

물론, 마력이란 새로운 히든 스테이터스의 힘이 있었기는 하지만 확실히 무열은 절대불변이라 여겨졌던 랭크의 경계를 무너뜨린 유일한 사람이다. 그리고 그건 명백한 노력의 결과였다.

"……."

최혁수의 말에 윤선미는 잊으려고 했던 그날의 일을 떠올렸다. 순간, 그녀의 등골을 스치고 내려가는 한기에 자신도 모르게 파르르 떨었다.

'디아고…….'

꽤 오랜 시간이 지났음에도 불구하고 그녀의 뇌리에 박힌 그의 모습은 아직도 잊히지 않았다.

꽈악-

그녀는 고개를 가로저으면서 그때의 사건을 잊으려는 듯 자신의 스태프에 힘을 주었다.

'아니, 내 결정은 틀리지 않아.'

하지만 몇 번이나 그날이 떠올랐고, 꿈에서까지 그 선택에 대한 후회가 밀려와 자신을 괴롭혔었다. 가족을 버렸다는 죄책감이 말이다.

"흐아압……!!!"

열염(熱炎)의 구슬.

2차 전직을 끝낸 그녀는 자신의 미스틱 서클의 속성을 원하는 대로 생성할 수 있게 되었다.

퍼엉---!!!

퍼어어엉---!!!

사방에서 터지는 불꽃이 시커먼 연기를 뿜어내더니 공중에서 그 연기가 다시 한번 응축되며 수십 개의 구체로 나뉘어 뭉쳤다.

[크르르르…….]

열염의 구슬이 폭발한 자리가 움푹 파였다. 그녀의 공격에 사정없이 부서진 언데드들이 비틀거리며 몸을 가누지 못한 채 윤선미를 향해 다가왔다. 그러나 공중에 뭉쳐 있던 연기가 비틀거리는 언데드들을 향해 다시 한번 쏟아졌다.

퍼버버벙!! 퍼버버버벙……!!!!

커다란 열염의 구슬이 만들어낸 굉음과 달리 작은 폭음들이 연달아 들렸다. 마치 산탄이 터지는 것처럼 언데드들의 몸에 여기저기 구멍이 뚫리며 그녀를 향해 걸어오던 언데들이 흔적도 없이 무너져 내렸다.

연쇄 불꽃(Chain Flame).

2차 전직을 하고 윤선미가 얻은 새로운 능력이었다.

"와우……."

최혁수는 그녀의 전투를 보며 새삼 놀란 표정이었다. 그도 그럴 것이 선혈동굴에 함께하지 못했던 그는 그녀가 싸우는 모습을 제대로 본 적이 없었으니 말이다.

"그래서?"

"네?"

"포기할 거야? 우리는 대장만큼 강해질 수 없다고 생각돼서?"

생각지도 못한 그녀의 말에 최혁수는 살짝 놀란 듯한 표정을 지었다.

'뭐지? 지금까지와는……'

트라멜에서 그래도 그녀와 제법 친분이 있다고 생각했지만 항상 공방에만 있어서 그녀의 진짜 모습을 알지 못했다.

생각해 보면 윤선미는 스스로 전장에 나서는 것을 싫어했지만 무열은 큰 사건이 있을 때마다 그녀를 참여시켰다. 그리고 그 이유를 알 것 같다.

'완전히 달라졌다.'

회색 교장에 도착하자마자 무열과는 또 다른 예기를 뿜어내는 그녀의 눈빛.

씨익—

최혁수는 윤선미의 말에 입꼬리를 올렸다.

"그럴 리가요."

저 멀리서 오르도 창이 마치 무열의 검술을 흡수하듯 흑운을 휘두르며 그의 동작을 하나에서부터 열까지 따라 하며 언데드와 싸우고 있었다.

"질 수 없지."

최혁수는 자신의 쐐기를 손에 쥐며 말했다.

"전 위층으로 올라갈게요. 대장의 말대로 전술을 보기 위해서는 전체를 내려다봐야 하니까"

"알겠어. 내가 그럼 길을 열어줄게."

윤선미는 다시 한번 마력을 끌어올리며 미스틱 서클을 흩뿌렸다.

콰가가가강……!!

굉음과 함께 치솟는 불길을 뚫고 최혁수는 다시 한번 자신의 양옆으로 초열의 쐐기를 박아 넣었다.

[크르르르르……!!!]

남아 있던 언데드들은 양옆으로 생긴 불의 장벽 사이로 달려가는 최혁수를 바라볼 뿐 다가갈 엄두를 내지 못했다.

"좋았어!"

어느새 홀에 소환된 언데드는 절반도 남지 않았다.

무열로 인해 웰 바하르는 더 이상 언데드를 컨트롤할 틈이 없었고 그로 인해 무열의 언데드들이 웰 바하르의 것을 압도하고 있었다.

"……!!!"

그때였다. 2층으로 향하는 계단을 달리던 최혁수가 고개를 들어 올린 순간.

퍼어어억……!!!

"커헉?!"

둔탁한 파열음과 함께 최혁수의 비명이 홀 안을 가득 채웠다.

"재미있군."

전투가 한창인 홀 안에 마법적인 힘에 담긴 낮은 목소리가 소란을 뚫고 모두의 귀에 들렸다.

[너…… 넌!!! 칼네레!! 어서 저놈을 죽여 버려!!]

웰 바하르는 안쓰러울 정도로 부서진 해골의 이빨을 달그락 부딪치며 소리쳤다.

쿵- 쿵- 쿵-

남자는 잠시 그에게 시선을 주더니 천천히 계단을 내려왔다.

"이봐, 그 시끄러운 놈은 죽여라. 어차피 필요하면 다시 납골당의 시체로 소환해 버리면 그만이니까."

[그, 그게 무슨 소리냐!! 감히 원로회의 말단 주제에……!! 네가 나에게……!]

그러나 웰 바하르의 외침에도 불구하고 오히려 최혁수의 목을 조이고 있는 남자는 심드렁한 표정으로 말했다.

"말단? 언제 적 이야길……. 자기가 누구에게 죽은지도 모르는 녀석이 말이야."

[……무슨?]

칼네레는 손사래를 치며 귀찮다는 듯 말했다.

"됐다. 어차피 죽었는걸. 제 일도 못 하는 파수꾼은 쓸모없지. 나중에 개량해서 다시 소환해 줄 테니 걱정 마라. 이런 쓸모없는 녀석들도 치워 버리고."

[무슨 말을 하는 거냐고 묻잖느냐!!!]

그는 대답 대신 우람한 팔로 최혁수를 질질 끌며 계단을 내려왔다.

"큭…… 크윽…….'

최혁수는 숨이 막히는지 괴로워했다. 칼네레의 손에서 벗어나기 위해 안간힘을 썼지만 그저 발버둥일 뿐이었다.

"……."

마법사답지 않은 다부진 체격. 얼굴까지 가린 로브를 입고 있었지만 그 안에 숨겨진 근육들이 그가 움직일 때마다 꿈틀거렸다.

"어서."

그는 기다리기 지루하다는 듯 무열을 재촉했다.

[그, 그만둬……!!]

뭔가 잘못되었다는 걸 직감한 걸까. 웰 바하르는 자신을 향해 다가오는 무열의 검을 바라보며 소리쳤다.

서걱—

하지만 그것도 잠시.

[커…… 커컥.]

무열의 검은 뼈가 갈리는 소리 하나 없이 깔끔하게 녀석의 심장을 잘라 버렸다.

비명조차 내지 못하고 검은 재가 되어 사라져 가는 웰 바하르의 가루 아래 작은 상자만이 하나 놓여 있었다.

상자 안에 든 작은 스태프.

무열이 그걸 집어 들자 메시지창이 떠올렸다.

[네크로맨서의 지팡이를 획득하였습니다.]
[조건 확인 완료]
[네크로맨서의 지팡이를 사용할 수 있습니다.]
[네크로맨서의 두 개의 유품이 지팡이와 반응합니다.]

"어때?"

남자는 기다렸다는 듯 말했다.

"이로써 웰 바하르의 보물을 모두 모았군. 궁금했거든, 웰 바하르가 어찌나 자신이 세 가지 보물을 다시 찾으면 나보다 강하다고 어찌나 말했는지. 어차피 소환을 해체해 버리면 녀석은 재로 돌아갈 텐데. 이제야 해볼 만하겠어."

남자는 흥미로운 표정으로 무열에게 말했다. 7인의 원로회는 오랜 세월 어둠 속에서 대륙을 쥐락펴락했던 자들. 하지만 신기하게도 로브 속에서 언뜻 보이는 그의 얼굴은 기껏해야 40대 정도였다.

스르르릉—

마법사와는 전혀 어울리지 않는 대검. 그의 등에서 뽑히는 소리가 들림과 동시에 그는 목덜미를 잡고 있던 최혁수를 인정사정없이 집어 던졌다.

"크윽……!!"

무열은 천천히 몸을 일으켰다.

"동료마저 도구로 쓴 건가, 네놈들은."

"마법은 언제나 더 높은 곳을 추구하지. 발목을 잡는 녀석은 자신의 역할을 할 뿐이다."

아무렇지 않게 동료를 살해하고 기억을 없애 리치로 만들어도 죄책감이 없는 그들. 실로 할 말을 잃게 만들기 충분했다.

"……."

무열은 칼네레가 들고 있는 대검을 바라봤다. 어둠 속에서도 영롱한 빛을 발하는 그의 검에 담긴 예기 역시 익숙한 것이었다.

여명회의 마도 검술, 백색기검(百色氣劍).

어쩌면 그 검술의 창시자가 바로 저 남자일지도 모른다는 생각이 들었다.

"확실히…… 노망난 시체보다는 낫군."

무열은 웰 바하르의 목을 베었던 검을 뽑았다. 그러고는 조금 전 집어 들었던 네크로맨서의 지팡이를 바닥에 던졌다. 마치 칼네레를 상대로는 웰 바하르의 힘 따위는 필요 없다는 듯이.

그는 담담한 목소리로 말했다.

"알아서 죽을 자리를 찾아왔으니."

"지금…… 설마 나와 검으로 싸우겠다는 말이냐."

"넌 마법을 써도 상관없다."

"……하?"

칼네레는 검을 뽑은 무열을 바라보며 어처구니없다는 표정을 지었다.

"회색 교장에 들어온 지 100년이 넘었지만 너 같은 녀석은 처음 보는군. 아주 재밌어."

그는 무열의 두 검에서 피어난 변화하는 예기에 콧방귀를 뀌며 말했다.

"백색기검? 자만이 하늘을 찌르는구나. 웰 바하르에겐 암흑력을 보이고 나에겐 내가 창시한 백색기검으로 싸워보겠다?"

그 순간, 칼네레의 표정이 악귀처럼 구겨졌다. 지금까지의 장난기 가득했던 그 얼굴이 아니었다.

콰아아앙———!!!

백색기검(百色氣劍) 1식(式).

오르도 창은 재빨리 흑운을 들어 올리며 막아서려 했지만 그의 반응 속도보다 훨씬 더 빠르게 칼네레가 무열을 덮쳤다.

순식간에 거리가 좁혀졌다. 그의 대검이 마치 서리가 낀 것처럼 새하얗게 변했다. 어두운 홀 안에 빛을 뿜어내는 그 검이 강렬한 굉음을 토해냈다.

크드드드드드……!!

엑스 자로 교차한 무열의 쌍검이 대검과 맞물리며 맹수가 으르렁거리는 것처럼 검날이 갈리는 소리가 들렸다.

'이걸 받아쳐?'

칼레네는 내심 놀랐다. 무열이 여명회의 수장이 되어 자신의 검술을 익혔다는 것은 알고 있었다. 그러나 같은 검술이라 할지라도 시전자에 따라 그 위력은 천차만별. 아티스 카레쉬라면 절대로 자신의 1식을 받아칠 수 없었을 것이다.

후우우웅—!!

찰나의 순간, 더 이상 그에게 생각할 시간도 주지 않겠다는 듯 무열의 검이 그의 옆구리를 노렸다.

비연검(飛軟劍) 4식(式).

검날의 방향이 가로로 바뀌며 그의 공격이 날카로운 찌르기로 변모했다. 뇌격의 궤도는 마치 벼락이 떨어지는 것처럼 변화무쌍해 눈으로 결코 좇을 수 없었다.

"큭!!"

황급히 대검을 세로로 돌리며 무열의 공격을 방어하려는 칼네레였지만 그 순간.

파앗……!!

무열의 몸이 다시 한번 사라지듯 움직였다. 엄청난 열기와 함께 칼네레는 얼굴이 타들어 갈 것 같은 뜨거움에 그만 자신도 모르게 몸을 움찔하고 말았다.

"⋯⋯‼"

화진검(火眞劍)의 불꽃이 마치 살아 있는 도깨비불처럼 꼬리를 그리며 움직였다. 그는 자신의 코앞까지 다가온 검날을 바라보며 이를 악물었다. 대검의 날이 떨리며 다시 한번 검날의 색이 변했다.

화르르륵⋯⋯‼

하지만 그보다 더 빠르게 검날의 화염이 타오르며 그의 어깨를 베었다.

"감히⋯⋯‼"

어깨에서 붉은 피가 솟구쳤지만 고통보다 칼네레는 분노에 찬 얼굴로 빠득 이를 갈았다.

쿵-‼!

그의 몸이 활처럼 휘어지며 굉음과 함께 바닥에 대검을 꽂아 넣었다.

콰드드드드득---‼!!

발아래 양옆으로 바닥이 뒤집히면서 강력한 진동과 함께 부서진 파편들이 사방으로 튀었다.

백색기검(百色氣劍) 3식(式).

"우악⋯⋯‼"

"큭?!"

그 진동은 홀 전체를 감쌀 정도로 엄청났다. 최혁수를 비롯해 주변에 있던 사람들은 칼네레의 공격에 중심을 잃고 쓰러졌다.

"⋯⋯."

하지만 단 한 명. 무열만은 제외였다. 그는 칼네레가 검을 거꾸로 잡는 순간 이미 그의 행동을 예상한 듯 몸을 띄워 뇌전을 다시 한번 그의 어깨에 박아 넣었다.

"크아악!!!"

칼네레가 이번에는 참지 못하고 고통에 찬 비명을 지르고 말았다. 손잡이만을 남기고 검날이 완전히 그의 어깨에 박히자 검을 쥘 힘이 남아 있지 않은 듯 그는 대검을 놓치고 비틀거렸다.

칼네레는 황급히 마력을 끌어올렸다. 투명한 막이 그의 주위에 생성되면서 무열을 밀어냈다.

"⋯⋯."

그러나 자신을 밀어내는 반발력에도 불구하고 그는 아무렇지 않은 듯 칼네레가 만든 실드를 종잇장을 찢듯 잡아 뜯었다.

"마, 말도 안 돼!!"

초대(初代)마법 – 마력 추출(魔力抽出).

한순간 마력이 뽑혀 나가는 느낌과 동시에 칼네레의 실드가 사라졌다. 더 이상 자신을 보호해 줄 수 있는 것이 아무것도 없다는 사실에 그가 할 수 있는 것이라곤 그저 무열을 바라보는 일뿐이었다.

"고리를 쓸 필요도 없군. 비전의 샘에 비하면 네 마력 정도는 그저 물웅덩이에 지나지 않는다."

무열의 손바닥 위에서 칼네레에게서 뽑아낸 마력이 구체 형태로 뭉쳐졌다.

파앗……!!

주먹을 움켜쥔 순간, 마력이 산산조각이 나며 공중으로 흩어졌다.

"고인 물은 썩게 마련이지."

"……!!"

"조금은 걱정했었는데 널 보니 확신이 드는군. 7인의 원로회는 더 이상 높은 존재가 아니다. 그저 100년 전부터 머물러 있는 고인 물일 뿐."

한때 그 누구도 넘볼 수 없는 위대한 존재였을지라도 그건 말 그대로 과거.

여명회의 상아탑과 불멸회의 안티홈.

아이러니하게도 마법사라는 존재들은 하나같이 더 높은 단계에 도달하기 위해 그저 혼자서 연구하고 또 연구할 뿐이었다.

"온실 속에서 머리를 맞대봐야 나오는 건 고작 너희들의 머릿속에 있는 생각뿐."

애초에 마법사가 아닌 무열에겐 마법사들이 가지는 이기심과 자존심 따위는 없었다.

"우리는 새로운 시대를 맞이할 것이다."

서걱.

무열의 검엔 한 치의 망설임도 없었다.

"크아아아아악!!!!"

칼네레의 비명이 회색 교장을 울렸다. 그 순간, 탄탄했던 근육은 온데간데없이 사라지고 젊어 보였던 얼굴에는 주름이 깊게 생겨났다.

"헉…… 허억……."

마력이 사라진 지금, 그는 더 이상 자신의 모습을 유지할 수 있는 힘조차 남아 있지 않았다.

"이…… 비겁한……!!"

칼네레는 남은 팔을 제대로 가눌 힘도 남아 있지 않은 듯 부들거리며 어깨를 떨었다.

그런 그를 보며 무열은 차갑게 말했다.

"전쟁에서 비겁한 게 어디 있지? 난 단 한 번도 마법을 쓰지 않겠다고 한 적 없는데."

"크으윽……!!!"

칼네레는 잘린 어깨를 부여잡으며 무열을 노려보았다. 쭈글쭈글한 살가죽은 앓른 자비우스보다 더 심해 보였다.

한때 최강이라 생각했던 이자는 백 년이 넘는 시간이 흐르고 나서야 깨닫게 되었다. 자신들이 어두운 이 방에 틀어박혀 있는 동안 상상을 뛰어넘는 무수한 일이 있었고 그에 따라 하등하게만 생각했던 인류는 진보했었다는 것을.

뒤늦은 후회는 결국 패배만이 기다릴 뿐이었다.

"어차피 너희들은 위대한 마법을 얻기 위해 지나가는 관문에 불과하다."

"네가…… 과연 그걸 찾을 수 있을까? 알른 자비우스도 찾지 못한 것을?"

"그건 길을 모를 때고."

무열은 무릎을 꿇고 있는 칼네레를 두고 그가 왔던 계단으로 천천히 올라갔다.

"……뭐?"

"회색 교장의 첫 공략이 성공하고 그 뒤로 몇 번이나 이곳이 무너지고 다시 세워졌는지 모르겠지."

"그게 무슨……."

무열은 당황하는 칼네레를 보며 낮은 비소를 지었다.

"어차피 네가 이해할 수 없는 일이겠지만."

드르르르륵…….

그가 계단 위층에 있는 세 번째 기둥에 튀어나온 작은 돌기를 누르자 장식처럼 보였던 커다란 액자가 뒤로 밀려났다.

"……!!"

칼레네는 그 광경에 믿을 수 없다는 듯 눈을 동그랗게 떴다.

그럴 수밖에. 오직 7인의 원로회 중에서도 자신들만 알고 있는 비밀 통로를 너무나도 당연히 찾았으니 말이다.

"남은 자들도 곧 너처럼 될 것이다. 우리는 위대한 마법을 해방시킨다."

"아…… 안 돼!!"

그는 당혹스러운 목소리로 소리쳤다.

"대장!!"

그때였다.

탁.

무열을 향해 날아오는 막대. 조금 전 웰 바하르의 사체에서 뽑은 네크로맨서의 지팡이였다.

"갈 때 가더라도 이거, 진짜로 버릴 건 아니죠?"

최혁수는 무열의 생각을 읽었다는 듯 입꼬리를 올리며 가볍게 웃었다.

[네크로맨서의 유물의 힘을 사용할 수 있습니다.]

[막대한 암흑력이 필요합니다.]

[조건 확인 완료]

[암흑력 2,000 Point를 사용하여 특수한 언데드를 소환할 수 있습

니다.]

 무열이 지팡이를 잡는 순간, 다시 한번 그의 목걸이와 팔찌가 동시에 빛을 내기 시작했다.

 [오직 유물의 주인에게만 주어지는 권능(權能)을 사용할 수 있습니다.]
 [권능의 힘은…….]

 자신의 앞에 생성된 메시지창을 읽고서 그는 묘한 눈빛으로 아래를 내려다보았다.
 "칼네레, 네크로맨서의 유물의 힘이 궁금하다고 했었지?"
 "……뭐?"
 무열이 지팡이를 가볍게 허공에 그었다. 그러자 세 개의 유물에서 일순간 강렬한 빛이 뿜어져 나왔다 사라졌다.
 쿠그그그그…….
 그 순간, 지면이 흔들리며 그 안에서 해골들이 쏟아져 나오기 시작했다.
 "무, 무슨……!!"
 마치 지옥을 연상케 하는 마그마 사이로 붉은 안광이 서서히 모습을 드러냈다.

삐그덕……

쿵…… 쿵…… 쿵…….

지금까지와는 비교도 할 수 없는 엄청난 수의 언데드가 그를 둘러쌌다. 칼네레는 자신도 모르게 뒷걸음질 쳤지만 잘린 팔에서 많은 피를 흘려 힘이 빠진 듯 다시 쓰러지고 말았다.

"이런 식으로 다시 볼 거라곤 생각 못 했군."

[나 역시.]

사람의 것이 아닌 쇠를 긁는 듯한 목소리가 그의 뒤에서 들려왔다.

"감사히 여겨라. 유물의 권능에 담긴 세 자리 중 하나를 너에게 주었으니. 지금부터 나를 섬겨라."

무열은 아래를 내려다보며 담담히 말했다.

"기…… 기다려!!!!"

당혹스러워하는 칼네레의 외침이 들렸다.

"가자."

그러나 무열은 더 이상 그를 신경 쓰지 않는 듯 고개를 돌렸다.

[조금 전 했던 말에 대해 하나부터 열까지 상세히 들어야겠다, 칼네.]

"으아아아악……!!!"

그는 두려움에 고개를 돌리지도 못했다.

바닥에서 기어 나온 수많은 언데드가 그의 몸에 덕지덕지 달라붙기 시작했다.

"커컥……!!"

유물의 힘으로 되살아난 언데드는 다름 아닌 리치(Lich), 웰바하르였다.

그는 붉은 안광을 뿜어내며 칼레네의 목덜미를 물어뜯었다.

"사…… 살려……!!"

"헷, 꼴좋다. 동료끼리 싸우는 형국이라니. 백 년을 넘게 살았어도 결국 사람은 사람인가 보네요. 자기 앞날이 어떻게 될지 모르고 나댔으니."

최혁수는 1층에서 들리는 비명에 피식 웃었다.

'남은 장로는 이제 둘인가.'

최혁수와 달리 복도를 달리는 무열의 표정은 그다지 평온하지 않았다.

그는 로어 브로크를 잡고 얻은 고리를 잠시 만지작거렸다. 지금까지 모두 순조로웠다. 모든 것이 그의 계획대로 흘러갔으니까.

'아직 이걸 쓰지도 않았다.'

만일의 상황까지 대비하고 있기 때문에 7인의 원로회에게 질 것이라는 걱정은 없었다. 그럼에도 불구하고 무열은 마음속에 떠오르는 알 수 없는 불안감을 떨쳐 낼 수 없었다.

"도착했다."

끼이이이익······!!!

복도를 통과해 커다란 문 앞에 선 일행들. 오르도 창이 있는 힘껏 회색 교장의 문을 밀었다. 오래된 나무가 비틀리는 소리와 함께 문 뒤에 있는 원로회의 모습을 본 순간.

"······!!!"

무열은 지금까지 들었던 불안감의 원인을 알 수 있었다.

'회색 교장이 던전화가 된 것은 7인의 원로회가 모두 죽었기 때문일지 모른다.'

그가 처음 이곳에 들어왔을 때 추측했던 것이었다.

그리고 이어지는 의문.

과연 누가?

이강호와 휀 레이놀즈보다도 더 빠르게 이곳에 와 사냥했던 존재의 정체.

"시······ 시체?"

방 안에서 느껴지는 피 냄새.

최혁수는 손으로 코를 막으며 떨리는 목소리로 외쳤다.

바로, 이것이다. 계속해서 떨쳐 낼 수 없는 불안감의 원인.

무열은 문 뒤에 서 있는 한 사람을 바라보며 신음과도 같은 낮은 목소리를 토해냈다.

"너는……."

무열은 주위를 살폈다.

피비린내가 진동하는 회색 교장의 마지막 방.

조금 전까지만 하더라도 이곳의 주인이었던 자들은 더 이상 없다. 보이는 것이라고는 형체를 알아볼 수 없는 두 구의 시체뿐. 남아 있던 7인의 원로회 중 두 명은 이미 숨이 끊어진 지 오래였다.

"누구냐."

그리고 그 시체 위에 서 있는 검은 피부의 한 사람.

회색의 빛바랜 갑옷은 지금까지 그가 알고 있던 그 어떤 형태도 아니었다.

"그러는 너야말로 누구지? 회색 교장은 아직 열리지 않았을 텐데."

남자가 천천히 고개를 돌렸다. 깊이를 알 수 없는 짙은 눈동자는 마주치는 순간 간담이 서늘해지는 기분이었다.

"……!!!"

그 순간, 창밖에서 들어오는 달빛에 얼굴 윤곽이 스치듯 보였다.

인간의 것이라고 할 수 없는 뾰족한 귀.

'······엘프?'

무열은 놀라지 않을 수 없었다. 전혀 생각지도 못한 존재를 이곳에서 만날 줄 몰랐으니까.

엘프군 수호장(守護將), 위그나타르.

'어째서 저자가.'

그가 차원문이 열리기도 전에 세븐 쓰론에 왔었다는 것을 아는 사람이 과연 누가 있었을까.

위그나타르는 무열의 등장에도 놀라지 않고 오히려 담담한 표정으로 말했다.

"나는 한 사내를 쫓고 있다. 얼굴은 복면을 써서 알려져 있지 않지만 특이한 검을 쓰더군. 검날이 칠흑처럼 어두운 단검이다."

"······."

몇 마디뿐이었지만 그가 말하는 자가 누구인지 무열은 단번에 알 수 있었다.

바로, '검귀(劍鬼)'.

'위드나타르가 어째서 그자를 쫓고 있는 거지. 아니, 애초에 언제 차원을 뚫고 세븐 쓰론에 온 것인가.'

악마군이 그랬던 것처럼.

어느 정도 예상은 하고 있었지만 이런 순간에 맞닥뜨릴 것이라곤 생각 못 했다.

순간, 무열의 눈썹이 꿈틀거렸다.

악마군 8대 장군, 만면사군(萬面巳君) 카르카.

엘프군 수호장(守護將), 위그나타르.

네피림 역천사(Virtus), 바이트람.

잊을 수 없는 세 명의 이름.

내로라하는 차원계의 강자였던 이들의 공통점은 바로 종족 전쟁에서 검귀에게 살해당했다는 것이었다.

하지만 같은 인간군에게조차 검귀에 대한 정보는 거의 없었다. 베일에 싸인 그의 존재. 일천과 월현을 사용했던 카토 치츠카를 검귀로 예상하고는 있었지만 그 역시 불확실한 정보.

"글쎄. 너희와 마찬가지로 우리 역시 세븐 쓰론에 징집되었을 뿐이니까. 가족의 안위조차 알지 못하는데 남에게 관심이 있을 수 있을까."

"그런가. 그래, 그럴 수 있군."

위그나타르는 고개를 천천히 끄덕였다. 그는 무열의 말에 더 이상 관심이 없다는 듯 고개를 돌렸다.

"잠깐."

그 순간, 무열이 그를 막아섰다.

"어딜 가려는 거지? 이렇게 만들어 놓은 대가는 치르고 가야지."

"대가? 너희 역시 이들을 죽이러 온 게 아닌가."

위그나타르는 고개를 꺾으며 말했다. 그러고는 나지막하게 한숨을 내쉬며 대답했다.

"인간들이란……. 그래, 위대한 마법 이외에 다른 보물들은 저 레버를 열고 들어가면 될 거다."

그는 손을 들어 올리며 무열에게 말했다.

'숨겨진 방에 대해서까지 알고 있다.'

엘프가 이곳에 있다는 것 자체도 놀랍지만 그는 세븐 쓰론에서 가장 많은 미로와 비밀 장치가 있는 회색 교장을 잘 알고 있는 사람 같아 보였다.

표정 안에 담긴 의미를 눈치챈 걸까.

"놀랄 일은 아니다. 이곳은 엘븐하임의 건물을 본떠 만든 거니까. 나는 훔쳐 간 것을 돌려받는 것일 뿐. 위대한 마법은 처음부터 우리 엘븐하임의 것이었으니."

그는 시체에서 작은 종잇조각 하나를 꺼내 품 안에 넣으며 말했다.

"회색 교장이 엘븐하임의 건물을 따라 만든 거라고?"

"그렇다."

처음 듣는 이야기였다. 마법에 관해서 가장 뛰어난 종족이 엘프라는 것은 알고 있었지만 모든 대륙 마법의 원류라 생각된 7인의 원로회조차 그 위에 또 다른 근원이 있을 것이라고는 생각 못 했으니까.

"아무것도 모르는 눈치군."

위그나타르는 위대한 마법 이외에 다른 것은 처음부터 관심이 없었다는 걸음을 옮겼다.

"멈춰."

무열의 말에 위그나타르가 발걸음을 멈추고서 다시 한번 뒤를 돌아봤다.

"어째서 엘프인 네가 인간의 영역인 세븐 쓰론에 있는 거지?"

"무슨 소리를 하는 건지 모르겠군."

15년 동안 세븐 쓰론에서 생존하며 무열은 많은 것을 겪었다. 하지만 동시에 많은 것을 알지 못하기도 했다.

수많은 비밀, 숨겨진 비화들, 그리고 나타나지 않은 종족까지.

"인간 따위가 신이 하지도 않은 경계를 구분 지으려고 하다니. 세븐 쓰론이 인간의 것이라고 누가 정했지?"

위그나타르는 이빨을 드러내며 나지막한 목소리로 말했다. 그러고는 더 이상 흥미가 없다는 듯 창틀에 발을 얹었다.

"모두 물러서."

그때였다.

[울부짖는 고원의 정기의 사용 효과가 발현되었습니다.]

[반경 100m 안의 모든 마력이 사라집니다.]

[지속 효과 : 1분]

"......?!"

무열이 고리를 발동시키자 일순간 방 안에 충만했던 마력이 사라졌다.

"방금 했던 말, 좀 더 설명을 들어야 할 것 같은데."

"귀찮은 걸 가지고 있군."

위그나타르는 자신의 몸 안에서 완벽하게 마력이 사라졌음에도 불구하고 당황해하는 기색이 없었다.

"귀찮을지도 모르겠군, 너는."

그는 조금 전과 달리 무열에게 관심이 생긴 듯 유심히 그를 바라봤다.

"종족 전쟁에서."

콰아아아아아앙......!!!!

그 순간, 칼네레 때와는 전혀 다른 엄청난 폭음이 밀려왔다.

"크윽?!"

"으아아악!!"

엄청난 진동에 건물이 무너질 것처럼 흔들렸다.

카가가각!!!

뇌격이 허공을 가르는 순간 마치 공기가 산화되며 불꽃과 함께 폭발이 일어났다.

화진검(火眞劍)의 불길 속에서 무열은 비연검과 강검술을 연달아 펼쳤다.

일 격, 이 격, 삼 격……

쌍검이 마치 춤을 추듯 수를 셀 수 없을 만큼 빠른 속도로 위그나타르의 급소를 노렸다.

지금까지 이토록 분노한 무열을 본 적이 없었다.

'도대체 종족 전쟁이 뭔데 저렇게…….'

최혁수는 끼어들 엄두조차 내지 못하는 격전을 바라보며 생각했다.

"후우, 후우, 후우……."

거친 숨을 토해내면서도 무열의 검은 멈추지 않았다.

"……."

하지만 위그나타르는 그런 무열의 검술을 흥미롭게 바라보면서도 아슬아슬하게 검의 궤도를 피하고 최소한의 움직임으로 공격을 튕겨내고 있었다.

[이봐, 그러다가 네가 먼저 지칠 거다!! 녀석에게 제대로 된 대미지를 못 주고 있다고.]

알고 있다. 검을 섞은 순간 느꼈다. 수준의 차이를.

인정하고 싶지 않지만 마력이 사라졌음에도 위그나타르의 능력은 최소 S급이었다. 엘븐하임의 수호장의 실력은 명불허

전(名不虛傳)이란 말로는 부족했다.

"어째서 이렇게 열을 올리는 건지 모르겠군."

콰아아아앙……!!!

위그나타르는 내지른 자신의 검날에 생긴 변화를 보며 고개를 갸웃거렸다.

"뭐……."

하지만 이내 곧 무열의 검술을 바라보며 말했다.

"1분 끝났다."

"……!!!"

그 순간, 그의 주변을 감싼 검은 바람이 흥건하게 흩뿌려진 피를 머금고 솟구쳐 올랐다.

증폭되는 그의 속도. 동시에 위그나타르는 그림자 속으로 스며들듯 사라졌다.

쉐도우 워크(Shadow Walk).

다크 엘프만이 사용할 수 있는 종족 스킬.

암살자의 스킬과 비교할 수 없을 정도로 완벽하게 어둠 속으로 사라진 위그나타르.

무열이 검이 허공을 가른 순간 차가운 한기가 그의 목덜미에 느껴졌다.

그때였다.

파아아아앗……!!!

일순간 강렬한 빛이 방 안을 가득 채웠다. 검은 그림자의 위치가 보였고 무열은 그 찰나를 놓치지 않았다.

"흡!!"

있는 힘껏 검을 내려치자 날카로운 파공음이 울렸다.

덜…… 덜덜…….

찰나의 순간, 종이 한 장 차이로 무열의 목을 꿰뚫을 뻔했던 위그나타르의 검이 멈추었다.

"…….'"

빛은 사라지고 다시 어둠이 가라앉은 상태에서 위그나타르는 천천히 검을 거두었다.

"마력 제어?"

그는 자신의 앞에 서 있는 지웅 슈를 흥미로운 눈으로 바라봤다. 온몸을 사시나무 떨듯 떨고 있는 아이가 만들어낸 아주 작은 틈. 그것이 자신의 공격을 막게 된 결정적인 이유가 되었다.

'저 꼬마가 들고 있는 상자.'

처음 보는 것이었다. 조잡하기 짝이 없는 상자 안에 들어 있는 알 수 없는 광석.

분명한 건 무열이 고리를 사용했던 것과 마찬가지로 지금 자신의 마력이 마치 족쇄에 옭아매인 듯 제어가 되지 않는다는 것이다.

저런 비슷한 것을 본 적이 있다.

위그나타르는 기분 나쁜 표정을 지으며 말했다.

"뭐지, 넌? 드워프의 후예라도 되는 거야."

그의 시선을 느낀 순간, 지웅 슈는 그대로 주저앉아 버릴 것 같은 기분이었다. 단지 눈을 마주했을 뿐인데 말이다.

'이런 걸…… 항상…….'

질끈.

앞을 볼 만큼의 용기까지는 없다. 하지만 지웅 슈는 들고 있던 상자의 레버를 다시 한번 돌리며 소리쳤다.

"지…… 지금이에요!!"

우우우웅…….

엔진이 돌아가는 듯한 소리와 함께 상자가 빛을 머금기 시작했다.

"거기까지다!!"

오르도 창이 천장을 밟고 아래로 떨어지며 흑운을 그었다.

쾅-!! 콰가강---!!

그와 동시에 최혁수가 바닥에 쐐기를 박았다. 지웅 슈의 앞에 커다란 흙벽이 생겨나면서 그와 동시에 날카로운 돌풍이 위그나타르를 밀쳤다.

"도움을 받았다. 네가 날 살린 거다, 지웅 슈."

무열이 그를 지나치며 낮은 목소리로 말했다. 순간, 그 한

마디에 사시나무처럼 떨던 지옹 슈의 떨림이 멈추었다.

스르르릉……!!

무열이 양손에 잡은 검에 힘을 주었다. 마력이 제어됐음에도 불구하고 위그나타르는 오르도 창의 연사검과 최혁수의 진법을 여유롭게 피했다.

화르륵—!!

"……!!"

열화천의 불꽃이 솟구쳤다. 화염을 머금은 오르도 창의 흑운이 위그나타르가 또다시 그림자 속으로 숨는 것을 막았다. 그와 동시에 무열의 양손에 응축된 마력과 암흑력이 각각의 검에 흡수되었다.

섬격(殲擊).

두 자루의 검이 교차된 순간, 날카로운 예기가 바람을 가르며 위그나타르를 향해 뿜어졌다.

콰가가가가각……!!!

황급히 검을 들어 막았지만 엄청난 위력에 그의 몸이 부웅 떠오르며 뒤로 주르륵 밀렸다.

우득.

어깨뼈가 나가는 소리가 선명하게 들렸다.

"큭?!"

촤르르르륵—!!!

뒤로 밀려난 위그나타르의 등 뒤로 검은 덩굴들이 솟아나 그의 팔과 다리를 붙잡았다. 덩굴엔 꼭 뱀처럼 미끈한 비늘과 끈적끈적한 점액이 흘렀다. 시커먼 그것은 마치 이 세상 것이 아닌 것처럼 서서히 위그나타르의 사지를 옭아매기 시작했다.

"됐어!!"

윤선미의 회심의 일격.

검은 덩굴(Black Vine).

2차 전직에서 새로 얻은 마녀술이었다.

'식물 마법?'

무열은 윤선미가 사용하는 마법을 보며 그녀가 2차 전직 때 어떤 마녀로 전직을 한 것인지 알 수 있었다.

'녹(綠)마녀라……. 의외의 선택을 했군.'

윤선미를 제외하고 세븐 쓰론에서 가장 이름을 날린 두 명의 마녀.

벽(翠碧)의 마녀 미츠키와 담천공주라 불리는 중국의 챠오메이는 각각 수와 뇌의 속성을 가진 마녀를 택했다.

'식물 마법은 다루기 어려워서 대부분 꺼려 하는 속성인데…….'

무열은 잠시 그녀를 바라봤다.

'최혁수도 그렇고 윤선미까지……. 내가 알고 있던 것과 분명히 다른 삶을 선택하고 있다.'

바뀐 미래. 그건 지금 눈앞에 있는 위그나타르의 등장 역시 같은 맥락일 것이다.

"일대일은 아니었지만 나를 붙잡았다는 것에 전사로서 인정한다."

위그나타르는 덩굴 안에서 몸을 움직여 보더니 말했다.

"빠져나갈 생각하지 마세요. 움직이면 움직일수록 더욱 덩굴이 당신을 조일 테니까."

"뭘 원하지?"

그는 윤선미의 경고는 안중에도 없다는 듯 무열에게 눈을 떼지 않고 물었다.

"조금 전에 했던 말, 종족 전쟁. 어디까지 알고 있지? 그리고 무슨 짓을 할 생각이냐?"

무열은 그의 얼굴에 검을 겨누었다.

"차원에 대해서 알고 있는 것 같군."

"묻는 말에나 대답해."

"애초에 하나였다."

"……뭐?"

위그나타르는 잠시 고개를 들었다.

"여기까지. 대가라고 하기엔 뭐 하지만……. 승자에 대한 예의다. 더 이상 쓸데없이 입을 놀린다면 아마 내 목이 날아갈 테니."

서걱.

"······!!"

위그나타르를 결박하고 있던 덩굴들이 갈기갈기 찢기며 바닥으로 떨어졌다. 윤선미는 자신의 마력을 압도해 버리는 그 힘에 믿을 수 없다는 표정이었다.

"귀찮은 물건이지만 네가 사용한 고리만큼 지속 효과가 있는 건 아닌가 보군."

그는 지웅 슈를 잠시 바라봤다.

"어쩌면 가장 귀찮은 적이 될지도 모르겠군. 꼬마, 네 이름이 무엇이냐."

"지····· 지웅 슈."

"기억하지."

위그나타르는 그 말을 끝으로 서서히 어둠 속에 몸을 숨겼다.

"이 자식!! 거기 서!!"

진법의 쐐기를 박아 넣으려는 최혁수를 무열이 막아섰다.

"그만둬."

더 이상 사용할 수 있는 카드가 없다. 다시 붙는다 하더라도 이길 확률이 적은 싸움. 어쩌면 목숨을 지킨 것만으로도 선방한 것일지 모른다.

"대장, 저 자식 뭐예요? 이게 도대체······."

전생(前生)과는 분명 다른 미래. 만약 이 일이 본래 존재했던 것이라면…… 이강호를 비롯한 강자들은 도대체 어떻게 종족 전쟁의 시기를 늦췄던 것일까.

아무리 생각해도 지금 상황에서 답을 낼 수 있는 것은 단 하나뿐이었다.

'엑소디아(Exordiar).'

각 차원의 대표가 자신의 계(界)를 걸고 싸웠던 대전(對戰).

'너희들 뜻대로 되진 않을 거다.'

꽈악.

그는 검을 쥔 손에 힘을 주었다.

[교장 내의 모든 원로회가 사망하였습니다.]

[더 이상 주인이 존재하지 않습니다.]

[규제가 풀린 납골당 아래에 잠들어 있는 원령들이 깨어나 배회하기 시작합니다.]

['회색 교장(灰色敎場) - A급'이 활성화됩니다.]

그 순간, 메시지창과 함께 회색 교장의 던전화를 알리는 글이 생성되었다.

'전생에서도 위그나타르에 의해서 던전이 생성되었던 것일까?'

수많은 의문만이 무열의 머릿속에 남았다. 이제 조금 더 정상에 다가섰다고 생각한 순간 마치 그를 비웃듯 세계는 더 얽히고설킨 실타래를 그에게 던지는 것 같았다.

'아니, 그게 무엇이든 상관없다.'

그는 억울한 듯 눈조차 감지 못한 채 죽어 있는 시체들을 잠시 바라보다 고개를 돌렸다.

"최혁수, 비밀의 방에서 쓸 만한 물건을 모두 쓸어와라. 서둘러서 우리는 트라멜로 돌아간다."

분노에 찬 눈빛으로 그는 위그나타르가 사라진 창밖을 바라보았다.

'기다려라. 다음엔 내가 선수를 빼앗아주마.'

시국(時局)은, 이제 새로운 국면을 향해 갔다.

59장
전쟁의 서막

쿵――!!!

문이 열리는 소리에 아티스 카레쉬는 깜짝 놀라며 황급히 아래를 내려다보았다.

"……!!!"

그는 떨리는 목소리로 조마조마하며 기다렸던 손님을 맞이했다.

"마, 마스터."

진중한 표정으로 무릎을 꿇자 무열은 눈이 쌓인 망토를 벗으며 말했다.

"7인의 원로회는 모두 괴멸되었다."

무열은 아티스 카레쉬에게 시체에서 회수한 지팡이와 칼네레가 사용하던 대검을 보여주었다.

"이게 그 증거다."

자신의 앞에 놓인 대검. 절대로 모를 수가 없는 낯익은 것이었다. 여명회를 창설하기 전 자신을 가르치던 스승이 사용했었으니까.

"만약 필요하다면 네가 이걸 써도 좋겠지."

"정말입니까?"

"물론."

"아니…… 7인의 원로회가 괴멸되었다는 말씀 말입니다."

아티스 카레쉬는 무열의 말에도 불구하고 실감이 가지 않았다. 나인 다르혼이 봉인되고 더 이상 대적할 수 있는 자가 없다고 생각했던 괴물들이지 않던가.

[그건 내가 보증하지.]

순간, 방 안이 어두워지며 강력한 마력이 느껴졌다.

"……!!"

아티스 카레쉬는 황급히 고개를 돌렸다. 신성한 여명회와는 전혀 어울리지 않는 낡은 로브를 입고 있는 리치의 모습에 그는 자신도 모르게 탁자에 놓아둔 검을 집고 말았다.

"진정하고 잘 봐라."

"……네?"

[네 녀석이 지금 나에게 검을 들이대는 거냐.]

"서, 설마."

그제야 아티스 카레쉬는 해골밖에 남아 있지 않은 얼굴 위로 안개처럼 불투명한 얼굴이 서서히 나타났다.

"웨…… 웰 바하르."

7인의 원로회 중 오래전에 죽었다고 생각했던 그가 눈앞에 나타나자 아티스 카레쉬는 몸 둘 바를 모르겠다는 듯 고개를 떨구었다. 그것도 생전의 모습이 아닌 계약된 리치가 되어서 말이다.

[말이 짧군. 네 녀석에게 여명회를 맡긴 건 나인 다르혼이 날뛰지 못하게 견제를 하라는 것인데 그마저 제대로 못 했지.]

"죄, 죄송합니다."

"너도 마찬가지다. 계약이 된 소환수면 소환수답게 행동해. 너는 더 이상 원로회도 사람도 아니니까. 인간의 일에 왈가왈부하지 마라."

[흥…… 잘도 말하는군.]

무열의 말에 웰 바하르는 연기와 함께 어둠 속으로 사라졌다.

"이게…… 어떻게 된 일입니까?"

"얘기하자면 길다. 너는 그것보다 지금부터 내가 시키는 일을 좀 해야겠다."

"그게 무엇입니까?"

"일단 여명회 안에서 마력 감지가 뛰어난 전투 마법사들을 소집해라. 그리고 전 대륙에 엘프들의 흔적을 찾아라."

"엘프요? 이미 오래전에 사라진 종족이지 않습니까."

생각지도 못한 이름에 아티스 카레쉬는 살짝 놀란 표정을 지었다.

"쉬운 일이 아닐 거다. 게다가 만일에 하나 조우하게 된다 하더라도 절대로 싸우지 말고 위치만 보고하라고 명해라."

"으흠, 알겠습니다."

"그리고 또 하나. 이 아이를 네게 맡기고 싶다."

"네?"

무열의 옆에 서 있던 작은 아이. 너무 놀랄 일이 많아 아티스 카레쉬는 이제야 그 아이에게 눈길을 줄 수 있었다.

"내게서 받은 순금은 이 아이가 썼다."

"그게 무슨 말씀이십니까? 그건 오직 한 번밖에 만들지 못하는 것입니다. 더 이상 저도 만들 수 없는 건데……."

아티스 카레쉬는 무열의 말에 입을 다물지 못하며 소리치듯 말했다.

"그래서 지옹 슈를 네게 맡긴다는 말이다. 저 아이에게 연금술을 가르쳐라. 그리고 새로이 순금을 만들도록 해라. 어쩌면 네가 만든 황금 심장보다 훨씬 더 대단한 걸 만들지도 모르니까."

"……허어."

무열의 말에 아티스 카레쉬는 자신의 앞에 서 있는 작은 아이를 바라봤다.

기껏해야 열댓 살밖에 되지 않아 보이는 아이의 재능이 자신보다 뛰어날 수 있다니.

그는 믿기지 않는 눈치였다.

"지옹 슈, 그에게 큐브(Cube)를 보여줘라."

탁.

품 안에서 꺼낸 작은 상자.

"저 아이가 순금을 사용해서 만든 마력 제어가 가능한 도구다. 독학으로 너의 황금 심장과 비슷한 걸 만든 것도 놀랍지만 황금 심장과 달리 마력이 전혀 사용되지 않고 순수하게 연금술과 공학술만으로 만든 거다."

"이게……."

아티스 카레쉬는 지옹 슈가 만든 상자를 살피며 놀람을 감추지 못했다.

"단지 연금술을 가르치기만 하는 게 아니다. 아티스, 지옹 슈와 함께라면 광휘병사(光輝兵士)를 지금보다 개량할 수 있을 것이다."

연금, 마도, 그리고 공학. 무열은 이 셋을 접목하여 지금껏 없었던 완전히 새로운 병사를 창조하고자 했다.

"할 수 있겠나."

"……이걸 저 아이가 정말 만들었단 말씀이십니까? 이걸 보니 하지 않을 수 없겠군요."

아티스 카레쉬는 지옹 슈가 만든 큐브를 보며 전에 없던 열의가 솟구치는 기분이었다.

"지옹 슈, 잘 부탁한다. 앞으로 네가 만들 모든 것이 큰 도움이 될 거다. 오늘 네가 날 살렸듯이."

"알겠습니다, 대장님."

고개를 끄덕이는 아이를 바라보며 무열은 가볍게 웃고는 그의 머리를 한번 쓰다듬었다.

"그리고……."

무열은 아티스 카레쉬를 잠시 바라보고는 생각했다.

선혈동굴에서 만났던 마족 아그마(Agma), 트라멜에 생성되었던 덩굴 속에서 상대했던 악마군 8대 장군 귀면장(鬼面將) 아자젤, 그리고 마지막으로 회색 교장에서 조우했던 엘븐하임의 수호장인 위그나타르까지. 종족 전쟁에서 만났어야 할 이들이 이미 세븐 쓰론에서 움직이고 있었다.

회귀와는 별개로 자신이 모르는 대륙의 역사가 숨어 있는 것이 분명하다고 무열은 생각했다. 또한, 그 비밀의 실마리가 이 안에 담겨 있을 것이라고도.

"상아탑에 보관되어 있는 책 중에 '로안의 기록서'라는 것이 있을 것이다. 그걸 내게 다오."

[마치 미뤄놨던 숙제를 하는 느낌이군.]

"뿌린 것이 많으니 거둬들여야지."

[내 의미는 너무 서두르고 있는 것 같다는 말이다. 난 괜찮으니까.]

쿤겐의 말에 무열은 피식 웃었다.

"이젠 농담도 할 줄 아는군."

[흥…… 네가 이러다 일을 그르칠까 봐 하는 소리일 뿐이다. 네놈이 정령술을 얻지 못하면 말짱 꽝이니까.]

"걱정 마라. 그런 일은 없을 테니까. 무엇보다 그건 내가 더 필요한 힘이니."

쓴소리였지만 확실히 위그나타르를 만난 뒤부터 무열의 마음은 조급해져 있었다.

[내 경험에서 우러나온 충고다. 나 역시 섣부르게 움직였다가 실패했으니 말이야.]

"명심하지."

ㅊㅇㅇㅇㅇㅇㅇ…….

ㅊㅈㅈㅈ…….

비전의 샘에 손을 담그자 안개처럼 새하얀 연기가 솟구쳐 오르기 시작했다. 부글부글 끓어오르는 샘 안으로 손을 휘젓자 수면 아래에 잠들어 있던 얼음발톱이 천천히 떠오르기 시작했다.

"웰 바하르가 리치가 되어 죽지 않은 게 차라리 우리에게 도움이 되었어. 그가 없었으면 비전의 샘의 마력을 조율하기 위해서 다시는 이 검을 보지 못할 뻔했으니까."

[흥, 바보같이 인간에게 당한 여자다. 꼴사나운 모습을 또 봐야 하니 그게 싫을 뿐.]

4대 정령왕 중 하나.

얼음발톱에 봉인되어 있는 해일의 여왕 에테랄.

쿤겐은 인간들과 함께 나락바위에 자신을 봉인했던 그녀를 떠올리며 못마땅한 듯 말했다.

꽈악.

무열은 얼음발톱의 손잡이를 잡았다. 7인의 원로회가 모두 죽은 시점에서 아이러니하게도 무열과 웰 바하르의 계약은 알려져 있지 않던 원로회의 마법을 찾을 수 있는 계기가 되었다.

'그 말이 맞다. 회색 교장은 엘븐하임에 있는 엘프들의 건물을 본떠 만들었다. 비전의 샘 역시 마찬가지.'

위그나타르가 사라지고 난 뒤 회색 교장에서 무열은 웰 바하르에게 그들의 전모를 들을 수 있었다.

'잘못 건드리면 대륙을 날려 버릴 만큼 위험하지만 엘프의 마법인 만큼 반대로 생각하면 그보다 안전한 것은 없지. 비전의 샘의 마력을 안정화시키는 건 의외로 간단하다. 알른 자비우스가 지금까지 했던 일을 누군가 대신하면 된다.'

무열은 천천히 눈을 감고는 말했다.

"준비 끝났다."

[그래.]

어둠 속에서 들리는 목소리.

알른 자비우스는 그 스스로가 제물이 되어 비전의 샘을 안정시켰었다. 그리고 지금 영원히 그 일을 할 수 있는 존재가 있었다. 바로, 웰 바하르였다.

[이봐, 너. 아까는 잘도 인간의 일에 관여하지 말라고 하더군. 지금 이것도 결국은 인간의 일이라는 걸 알지?]

"뿌린 것들을 거두는 일일 뿐이다. 너희들이 싸지른 짓에 인간이 피해받지 않도록."

[클…… 하여간 한 번을 곱게 말하지 않는군. 저런 걸 주인으로 여겨야 하다니 말이야.]

그는 쇠를 긁는 듯한 목소리로 웃었지만 어쩐지 무열의 이런 태도가 싫지 않은 듯 보였다.

"외롭겠군."

무열은 잠시 주위를 둘러보았다.

[흥, 내게 외로움은 그저 옷 같은 것에 불과하다. 한평생을 마법에만 열중했는데 이곳만큼 더 훌륭한 곳도 없을 게다.]

웰 바하르는 천천히 수면 위로 걸어갔다. 점차 스며들어 가는 물의 마력이 그의 전신을 감싸기 시작했다.

[네가 어디까지 할 수 있는지 지켜보지, 강무열.]

우우우웅…….

샘의 제물이 교환되는 순간, 물 안에 있던 얼음발톱이 마치 자유를 찾은 것에 기뻐하는 듯 날이 파르르 떨렸다.

푸른빛의 검을 바라보며 무열은 나지막한 목소리로 말했다.

"봉인을 해제하기 위해서는 역시 정령술이 필요하겠지. 아직은 쓸 일이 없겠군."

[끙, 정말 그녀를 풀어줄 생각이냐.]

"물론."

[…….]

"훗."

무열은 천하의 우레 군주라 불리는 그가 이런 반응을 보이자 어쩐지 더 궁금해지는 기분이었다.

[이제 돌아가는 거냐. 어쩌면 부하들보다 먼저 트라멜에 도착할 수도 있겠군.]

"아니, 들러야 할 곳이 하나 더 있다."

[……음?]

"트라멜로 가져갈 선물이 있거든."

[크르르르르……!!!]]

무열은 얼음발톱을 가로로 허리에 채워 넣고는 플레임 서펀트의 머리 위에 가볍게 뛰어올랐다.

"모란 초원으로 간다."

스아아아앙———!!!

날카로운 공기를 가르는 파공음이 폭발하듯 터져 나왔다. 폭음과 달리 날아간 화살은 아무런 소리도 없이 몬스터의 목을 꿰뚫었다.

"케객……!"

대초원의 맹호라 불리는 A급 몬스터 샤벨리거는 비명조차 제대로 지르지 못하고 그대로 피를 쏟으며 쓰러졌다.

즉사(即死).

4족 보행 몬스터 중에 속도에서는 지지 않는 녀석이었음에도 불구하고 날아간 화살은 도망을 칠 틈도 주지 않았다.

짝— 짝— 짝—

"……!!!"

갑작스럽게 들리는 박수 소리에 혼자라고 생각 했던 남자는 화들짝 놀라며 뒤를 돌아봤다.

"비궁족의 궁술은 역시 뛰어나군."

그리고 그 놀람은 반가움으로 바뀌었다.

맹수의 송곳니를 연상케 하는 눈부신 붉은 활. 새하얀 로어브로크의 털을 꼬아서 만든 활시위는 절대로 끊어지지 않을 것같이 단단해 보였다.

"무열 님."

"예상대로 퀘스트를 완료했군. 어때. 반궁(叛弓)은 다룰 만한가?"

"덕분에. 오랜만에 뵙습니다."

대륙삼궁(大陸三弓).

강건우는 무열을 보자 고개를 숙이며 말했다.

"교섭술 때문에 언젠가는 오실 거라고 생각했습니다. 서리고원에서의 일은 무사히 끝나셨습니까?"

그는 무엇 때문에 무열이 대초원에 온 것인지 이미 예상하고 있었다.

"굳이 다른 설명은 필요 없겠지."

무열은 고개를 끄덕였다.

"강건우."

"네."

그는 무열의 말을 기다렸다.

"나를 도와라. 비궁족과의 동맹이 체결되었다."

꽤나 오래 걸렸다. 강건우는 마치 서리고원에서 로어브로크를 사냥하던 그때가 떠오르는 기분이었다. 생사고락을 함께했던 그때 처음으로 그는 세븐 쓰론에서 다시 한번 자신을 맡기고 싶은 사람을 찾았으니까.

권좌로 향하는 전쟁을 위한 준비.

남부 5대 가문, 북부 7왕국, 여명회와 불멸회, 그리고 마지막 비궁족까지.

무열이 내민 손을 잡으며 강건우는 기다렸다는 듯 말했다.

"따르겠습니다."

서서히 노을이 지기 시작하는 대초원. 붉은 하늘은 마치 전장의 핏빛을 연상케 했다.

낡은 신전과도 오래된 성안.

"강무열이 대초원을 손에 넣었다고 하더군."

부서진 석상이 그대로 유지되고 있는 성 아래에 만들어진 테이블에서 한 남자가 말했다.

"신기하지 않아? 우리가 그토록 얻으려고 했던 비궁족이 그렇게 쉽게 그의 손을 들어주다니."

"확실히…… 운이라고 하기엔 너무나도 절묘하게 맞아떨어지는군요."

그곳엔 꽤 많은 사람이 있었다.

"트라멜 때도 그렇고. 이대로 그의 기세를 보고만 있다가는 위험할 수 있습니다."

"위험? 알란, 네 녀석은 아직도 그런 소리를 하는 거냐."

남자의 말에 반기를 들며 거칠게 되묻는 거구의 남자. 그는 다름 아닌 휀 레이놀즈의 3대장 중 한 명, 강권사(强拳士) 칸이었다.

"너도 이제 인정할 때도 되지 않았나? 강무열은 현재 세븐 쓰론에서 가장 강력한 세력이다. 남부 일대를 점령해 가는 안톤 일리야나 붉은 부족 이후 드레이크 사냥을 하고 있는 알라이즈 크리드보다 더."

또 다른 3대장 중 한 명인 알란은 테이블 옆에 세워둔 자신의 세검의 손잡이에 손을 얹고는 지그시 눈을 감았다.

"훙……."

칸은 그의 행동에 석연치 않은 듯 의자에 등을 기대었다.

북동부의 패자, 휀 레이놀즈의 권세(權勢).

이곳은 거점으로 삼은 북부, 동부 지역에 위치한 락슈무의 신전을 개조한 레인성(城)이었다. 놀랍게도 이곳은 대륙에서 마물의 위협에서 가장 안전한 곳이기도 했다.

트라멜조차 주변에 포진되어 있는 던전을 비롯해서 필드에 계속해서 리스폰 되는 몬스터들 때문에 매번 토벌대를 보내고 있었다. 하지만 레인성 주변으로는 그 어떤 마물도 얼씬하지 못했다.

[신의 가호]

오직, 레인성에만 적용되는 특별한 버프(Buff).

지리적 요충지이지만 일반적인 요새에 불과한 트라멜과 달리 신전이었던 레인성엔 아직도 락슈무의 영향력이 남아 있었다.

[마물에 대한 저항력 3% 증가]
[성안의 농작 수확물 2% 증가]
[성에 사는 모든 시민의 행운 증가]

강력한 효과인 대신에 기간제였던 트라멜의 신의 축복과 달리 레인성의 버프는 그보다는 미약하지만 영구적인 힘을 가진다.

그러나 다른 두 개의 버프와 달리 '행운'이란 요소엔 정확한 수치가 없다. 시스템(System)적인 규율이 적용되는 세븐 쓰론에서 행운(Luck)이란 요소만큼은 범주가 달랐다.

"……."

훼 레이놀즈는 바로 그 불확실한 요소에 노림수를 두었기 때문에 무리를 해서라도 이곳을 자신의 거점으로 만들었다.

다만, 이러한 버프 역시 공짜로 얻어지는 것은 아니었다. 필요한 제한 조건. 그건 썩 기분 좋은 조건은 아니었다.

"걱정 마십시오. 라엘 스탈렌 님께서 이끄시는 블루 로어가 훼 경을 지원할 것입니다."

"……."

회의실에는 다른 이들과 달리 붉은 로브를 눌러쓴 남자가 있었다.

북동부에 터를 잡은 레인성. 하지만 이곳은 성이기 이전에 신전(神殿). 당연히 이곳을 관리하던 신전 관리자가 있었다. 오직 수뇌부들만 들어올 수 있는 회의실에 버젓이 있는 남자, 비터 다니엘이었다.

그는 레인성이 훼 레이놀즈의 거점이 되면서 현재는 사라졌지만 한때 락슈무를 섬기는 대륙의 4개 교단 중 하나인 붉은 십자가 소속의 신도였다.

"블루 로어의 지원이라……. 정확히 무슨 뜻인지 알고 싶군요."

훼 레이놀즈는 조금 언짢은 표정으로 그에게 말했다.

"이미 저희를 비롯한 나머지 3개 교단이 라엘 스탈렌 님 아래로 뭉쳤습니다."

교단의 상징인 붉은 로브는 여전히 입고 있지만 그의 후드엔 지금까지 없었던 푸른 사자 문양이 그려져 있었다.

"신의 가호가 함께하니 승리를 믿어 의심치 마십시오, 휀 경."

그 순간, 로브 안의 눈동자가 빛났다.

'신의 가호라······.'

그의 말에 휀 레이놀즈는 씁쓸한 웃음을 지었다.

"부탁드리겠습니다."

하지만 속마음과 달리 그는 비터 다니엘에게 정중하게 대답했다.

"성전(聖戰)을 준비하시는데 당연한 일입니다. 여부가 있겠습니까."

그는 만족스러운 듯 고개를 끄덕이고는 아직 회의가 끝나지 않았음에도 불구하고 자리에서 일어섰다.

"전투를 대비하여 블루 로어의 집결에 대해서 논의할 것이 많을 것 같습니다. 괜찮으시다면 먼저 실례를······."

"상관없습니다. 밖에 누구 없느냐. 비터 경을 안전하게 모셔다드려라."

"그럼, 신의 가호가 영원하시길."

"······."

비터 다니엘이 떠나고 난 뒤, 회의실은 숨이 멈출 것 같은 적막한 분위기가 되었다.

"어떻게 생각해. 자네 말대로 레인성을 얻기 위해 라엘 스탈렌의 손을 잡았다. 게다가 자넬 붙잡고 있던 이정진까지 우리 권세에 넣었지."

휀 레이놀즈는 비터 다니엘이 완전히 사라진 것을 확인하고 나서 고개를 돌리며 말했다.

"걱정되는군. 혹시 이것이 독이 되는 게 아닐지."

"당연히 독이 될 겁니다."

휀 레이놀즈의 옆에 서 있는 한 남자. 그의 말에 테이블에 있던 3대장들은 인상을 구기지 않을 수 없었다.

칸은 참지 못하고 소리쳤다.

"이봐, 그게 무슨 헛소리야. 지금 우리가 소꿉놀이를 하고 있다고 생각하는 거냐!"

특히, 그 이전에 책사를 맡고 있었던 케니스는 당돌한 그 대답에 그만 이마를 짚고 말았다.

"진정하게, 칸. 그리고 자네도 말이야. 어제 나눴던 얘기와 전혀 다르잖아. 그의 성격을 알면서 또 왜 장난을 치고 그러는 겐가."

"하하…… 죄송합니다."

황급히 칸을 향해 손을 저으며 케니스는 자신의 맞은편에 앉아 있는 남자를 향해 말했다.

올백으로 넘긴 회색 머리, 가볍게 웃는 미소. 흘러내린 은색의 안경을 손가락으로 밀어 올리며 청아한 목소리로 말하는 미남자였다.

"앤섬 하워드."

휀 레이놀즈는 조용히 그의 이름을 불렀다.

왕좌지재(王佐之才).

무열의 전생에서 이강호의 최후의 호적수로 휀 레이놀즈를 앉게 만든 장본인.

"교단과 손을 잡은 건 레인성뿐만 아니라 현재 다른 교단들이 있는 곳에 거점을 만들기 위함입니다. 신전에 있는 수호석이 가지는 버프 때문이죠."

"그렇지."

"여기 있는 그 누구도 광신도가 될 생각은 없을 테니까요."

그는 가볍게 어깨를 들썩였다.

"덕분에 5개였던 거점을 기하급수적으로 늘릴 수 있었습니다. 라엘 스탈렌과의 동맹으로 인해 북부에 존재하는 4대 교단의 스물다섯 개 신전을 넘겨받았으니까요."

끄덕.

휀 레이놀즈는 고개를 끄덕였다.

"맞다. 그 덕분에 3천 정도에 불과하던 우리의 권세가 8천 가까이 늘어났지."

권좌를 노리는 사람에게 필수불가결한 것은 바로 그를 뒷

받침해 줄 수 있는 병력이다.

수십 명 정도의 부하를 다루는 건 누구나 할 수 있다. 하지만 그것이 백 단위, 천 단위가 되었을 때는 결코 쉬운 일이 아니다.

그렇기에 필요한 것이 책사(策士).

이정진의 산채에서 앤섬 하워드를 찾았을 때만 하더라도 큰 기대는 없었다. 자신에게는 케니스라는 훌륭한 책사가 있었으니까.

그러나 예상 밖으로 케니스는 앤섬 하워드를 발견함과 동시에 그를 자신의 자리에 앉혔다.

'어째서?'

3대장 중 2명뿐만 아니라 휀 레이놀즈의 권세에 있는 모든 장수가 케니스의 결정이 의아할 수밖에 없었다. 그리고 그건 휀 레이놀즈 역시 마찬가지.

"하지만 그들의 요구가 시간이 지날수록 더 심해진다. 라엘 스탈렌은 4대 교단을 통합하고 나서부터는 완전히 지구에서의 삶은 잊어버린 것 같더군. 정말로 교황이 된 것처럼."

"맞습니다. 그러니 광신도라는 말이 나올 수밖에요. 하지만…… 아직은 그런 마음을 내비치진 말아야죠. 자칫 잘못하면 카노사의 굴욕처럼 교단 앞에 마스터께서 맨발로 서 있어야 할지도 모르니까요."

앤섬 하워드는 가볍게 웃으며 말했다.

"훗……."

그의 시답잖은 농담에 휀 레이놀즈 역시 가볍게 입꼬리를 올렸다. 한없이 진지하다가도 이따금 무거운 분위기에서 장난을 치는 것이 실없어 보이기도 했다.

하지만 확실한 것은 하나. 그가 들어오고 나서 분명 그의 권세가 지금까지와는 비교도 할 수 없을 만큼 강해졌다는 것.

"언젠가는 라엘 스탈렌은 우리에게 독이 될 겁니다."

"생각해 놓은 방도는?"

"그렇기 때문에 이정진을 포섭한 것이죠. 교단에 믿음을 가지고 있지 않다고는 하지만 확실히 그들에게 도움을 받은 저희 병사들은 신전을 파괴하는 데 거리낌이 있습니다."

"으흠……."

"하지만 이정진은 다르죠. 태생부터 그런 것엔 관심이 없는 남자였으니까. 그만큼 신전을 부수는 데 망설임 없는 사람도 없을 겁니다."

케니스는 앤섬 하워드의 말을 이었다.

"평판도 그렇고 확실히 좋은 남자는 아닙니다만…… 아직까진 이용가치가 있습니다."

"앤섬, 넌 승리를 위해서 자신을 죽이려고 했던 자를 그렇게 쉽게 이용할 수 있는 거냐."

그를 발견한 것은 분명 이정진의 산채. 확실히 그 당시 앤섬 하워드는 다른 인질들과 함께 포박되어 있었다.

"딱히…… 그가 저를 죽이려고 했지만 죽임을 당할 생각은 없었습니다."

묘한 자신감. 이상하게 그게 싫지 않았다.

"하긴, 그러니 케니스가 너에게 책사 자리를 내어주었겠지. 그와의 관계가 어떤지 궁금하군. 두 사람 다 도통 얘기를 해주지 않으니."

"언젠가 기회가 될 때 꼭 말씀드리겠습니다. 송구하옵니다."

케니스의 말에 휀 레이놀즈는 고개를 끄덕였다.

"좋아……. 그럼 이제부터 자네의 마지막 비책을 듣고 싶군. 교단도 이정진도 처리해야 하지만 궁극적으로 가장 중요한 것은 권좌에 오르는 것."

모두의 시선이 앤섬 하워드에게 쏠렸다. 그리고 그 기대감을 즐기는 듯 앤섬 하워드는 다시 한번 안경을 갈무리하고는 말했다.

"가장 걸림돌이 되는 건 명실상부 강무열이라는 것에 이의는 없으실 겁니다."

트라멜을 중심으로 서북부 지역은 완전히 장악했을 뿐 아니라 남부의 5대 부족까지 통합한 그는 확실히 북부와 남부를 아우르는 힘을 가졌다.

휀 레이놀즈는 자신의 권세가 증강하긴 했지만 강무열과 맞붙는다면 아직은 승산이 낮다는 것을 인정할 수밖에 없었다.

"역시…… 그를 처리하지 않고서는 미래가 성립되지 않겠지."

"걱정 마십시오! 이번에야말로 제가……!"

알란과 칸은 전의(戰意)를 불태웠다. 트라멜을 공략하는 과정에서 겪었던 뼈아픈 패배에 대한 복수만을 생각하고 지금까지 달려왔으니까.

"안톤 일리야와의 동맹을 통해 연합군을 꾸린다면 충분히 승산이 있습니다."

"맞습니다. 강무열의 권세가 아무리 크다고 해도……."

"아니."

그때였다. 모두가 전쟁을 도모하고 있는 순간, 앤섬 하워드는 나지막한 목소리로 그들에게 말했다.

"그 반대입니다."

촤르르륵———!!!

그가 테이블 위에 커다란 지도를 펼쳤다. 교단의 교원들을 비롯해 탐색대를 꾸려 완성한 세븐 쓰론의 대륙 지도.

"크고 작은 세력들이 있지만 결정적으로 동쪽엔 저희가, 서쪽에는 강무열이, 그리고 남쪽에는 안톤 일리야가 존재합니다."

그가 손바닥을 펼치자 지도가 입체적으로 형성되며 각 세력의 영토가 다른 색으로 펼쳐졌다.

"안톤 일리야의 권세는 우리와 비슷합니다. 확실히…… 두 세력이 합쳐지면 강무열의 것과 비견해도 모자라지 않습니다. 하나, 그렇게 되면 승리한다 한들 많은 피해를 입을 것이고 완벽하게 승리를 한다는 보장도 없습니다."

"그럼, 자네 말은……."

"우리의 피해는 최소화시키며 남부 일대를 정리함과 동시에 강무열의 권세를 약화시키는 방법."

앤섬 하워드는 잠시 숨을 멈추었다. 그러고는 천천히 토해 내면서 지금까지 자신이 생각했던 큰 그림을 처음으로 입에 담았다.

"강무열과 동맹을 맺으십시오."

"……!!!"

"그, 그게 무슨 말이야!!"

"지금 제정신이야?!"

모두가 놀라서 말을 잇지 못했다. 그야말로 단 한 번도 생각해 보지 못한 일이었기 때문이다.

"강무열의 힘으로 남부 일대를 정리하고 그 전쟁 속에서 그의 세력을 약화시키는 겁니다. 동시에 저희는 아직 안톤 일리야가 얻지 못한 나머지 남부 일대를 빠르게 장악한다면……."

그의 눈빛이 빛났다.

"승산은 있습니다."

"……."

"……."

침묵이 흘렀다. 너무나도 놀라운 계획이라 그곳에 있는 사람들은 무슨 말을 해야 할지 생각이 나지 않는 기분이었다.

"아마도 제 생각이 맞는다면 그쪽에서 먼저 연락이 올지도 모릅니다."

"음?"

그 순간.

"보고 드립니다! 지금 성 밖에서 트라멜의……."

마치 짠 듯 문밖에서 들리는 병사의 외침에 모두의 시선이 다시 한번 그에게로 쏠렸다.

"재밌군."

유일하게 한 사람, 휀 레이놀즈만큼은 입꼬리를 올렸다.

불세출(不世出)의 천재 최혁수, 왕좌지재(王佐之才) 앤섬 하워드.

권좌를 다투는 전쟁. 아직 준비 단계라 생각했던 사람들과 달리 세븐 쓰론 역사상 가장 뛰어난 천재들의 지전(智戰)은 이미 벌어지고 있었다.

60장
출진(出陣)

"정지!! 좌로 찔러!!"

하아아압———!!!

하압——!!!

"다시!! 우로 찔러!!"

하아압——!!!

우렁찬 병사들의 외침 소리가 연병장을 쩌렁쩌렁 울렸다.

"이제 제법 예비 병력도 태가 나오는군요. 확실히 필립 로엔 씨가 병과를 가르치는 데엔 뛰어나신 것 같습니다."

"대대로 로엔 가문은 기사 가문이었으니까요. 도련님께선 어린 시절부터 군사교육을 받으신 분입니다. 다만…… 무열님을 선택한 건 의외지만요."

연병장의 단상 위에서 필립의 뒤에 서 있던 집사 테일러는 여전히 못마땅한 눈빛이었다.

"그렇습니까."

그의 옆에 서 있는 남자. 짙은 수염이 아직 어색한 듯 자꾸만 턱을 쓰는 그는 다름 아닌 라캉 베자스였다.

"필립 로엔 님께선 분명 저희가 보지 못하는 다른 것을 영주님께 본 것이겠죠. 그리고 저 역시."

"어떻게 생각하십니까. 강무열은 권좌에 오를 수 있는 사람입니까?"

테일러는 말을 해놓고도 자신의 물음이 바보 같다고 생각했다.

"그러지 않고서야 목숨을 맡기지 않겠지요."

"그렇군요."

"그럼 그쪽은 어떻게 생각하십니까? 영주님을."

라캉 베자스는 테일러를 바라봤다. 필립 로엔이 트라멜에 머물면서 꽤 자주 그와 이야기를 나누었지만 정작 마음속에 담긴 얘기는 하지 않았다.

둘은 최혁수와는 또 다른 스타일의 책략가. 전투가 아닌 내정에 뛰어난 그들은 서로를 견제하고 속내를 드러내지 않았다.

"저의 주군께서 선택하셨다면 의심의 여지를 두지 않는 것이 당연한 것입니다만…… 정작 그런 질문을 하는 게 믿음이 부족하신 건 아닌지요. 허허."

"마음보다는 이곳으로부터 오는 확신을 저는 더 신뢰하는 편인지라 말입니다."

라캉 베자스는 자신의 관자놀이를 톡톡 손가락으로 두들기며 말했다.

"하긴, 때로는 계산적인 인물도 권세를 유지하는 데 필요하지요. 앞으로도 잘 부탁드립니다, 여러모로."

테일러는 가볍게 고개를 끄덕였다.

"'여러모로' 말입니까."

라캉 베자스 역시 고개를 끄덕이고는 의미심장한 표정으로 가볍게 미소를 지었다. 자신보다 서른 해는 더 살았을 노인을 바라보며 그는 연륜 속에 묻어나는 칼날은 확실히 쉬운 것이 아니라 생각했다.

"참, 어떻습니까. 영주님께서 가르쳐 주신 교섭술(交涉術)엔 좀 익숙해지셨습니까?"

"뭐…… 아직 능력이 미천해서 중급까지밖에 익히지 못했습니다만 재미있는 능력이더군요. 늙은이라 배우는 게 느려서 원…… 게다가 화술(話術)을 수치로 본다는 게 영 적응이 되지 않는군요. 허허."

"하하, 하긴. 이해합니다."

"그런 의미에서 라캉 씨야말로 대단하군요. 영주님께서 교섭술을 전파해 주시기 전에 이미 익히셨다니 말입니다."

테일러는 그가 목에 걸고 있는 다섯 개의 별모양이 달린 목걸이를 가리켰다.

"라캉 씨의 고유 스킬이 교섭술인 줄 아무도 몰랐으니 말입니다. 허허…… 야속하십니다. 전수가 가능한 스킬이면 거점 상점이 생겼을 때 알려주셨으면 좋았을 것을요."

"여러 가지로 바빠서 말입니다. 저도 기회가 없어서 죄송했습니다만 영주님께서 배워오시다니 정말 다시 한번 놀라울 따름입니다."

테일러는 물끄러미 라캉 베자스를 바라봤다. 유연하게 교섭술을 무열의 공으로 돌렸지만 결과적으로 알고 있으면서도 라캉 베자스가 모른 척했다는 것은 사실이니까.

"그러게 말입니다. 확실히…… 저희 필립 님께서 함께 권좌를 도모하실 동료로 선택하신 이유가 있으신 것 같습니다."

아직까지도 속을 알 수 없는 남자. 유능한 능력을 가지고 있음에도 불구하고 테일러는 다른 무열의 부하들과는 다른 이질감을 느꼈다.

"스승님! 영주님께서 부르십니다."

단상 아래에서 최은별의 목소리가 들렸다. 그녀를 바라보며 테일러는 잠시 생각했다.

'어쩌면 자신의 사람들에게는 알려줬을지도. 두 분의 관계

가 어찌 되었든 필립 님은 처음부터 강무열의 권세가 아니었
으니까.'

어쩌면 지극히 당연한 일. 비록, 군신관계(君臣關係)에 있다
고는 하지만 이들 모두 현대를 살던 사람이다.

그저 회사를 다니고 하루하루 살기 바빴던 이들에게 과거
의 왕과 신하처럼 충성과 도리가 생성될 수 있을까?

아무리 목숨이 왔다 갔다 하는 이세계라 하더라도 고작 1년
이란 너무나도 짧은 시간 안에.

'오랜 세월 로엔 가문으로 이어진 우리와는 분명 다르다.'

테일러는 최은별과 함께 사라지는 라캉 베자스를 바라보며
낮은 목소리로 중얼거렸다.

"아직은 누구나 권좌를 노릴 수 있다…… 라는 건가."

끼이익.

집무실의 문을 열자 라캉 베자스는 항상 그랬듯 정면으로
보이는 책상에 앉아 있는 무열을 향해 인사했다.

"부르셨습니까."

"오셨습니까. 앉으세요. 그리고 최은별, 너도 함께 앉아라."

"네? 저도요?"

"그래."

라캉 베자스의 뒤에 있던 최은별은 무열의 말에 화들짝 놀랐다. 그도 그럴 것이 그녀가 트라멜에서 생활한 지는 제법 되었지만 단 한 번도 무열이 직접적으로 그녀를 부른 적이 없었기 때문이다.

"말씀 놓으십시오. 다른 분들께는 잘하시는데 꼭 저에게만 존대를 하시는군요."

"하하…… 미안합니다. 라캉 씨에겐 생각보다 말이 놔지지 않네요."

무열은 가볍게 웃으며 그에게 대답했다.

"그러게 말입니다. 다른 사람들과 달리 아직 우리가 덜 친한가 봅니다."

"그저 저는 저를 유능한 부하로 써주시길 바랄 뿐입니다. 살아서 다시 돌아가야 하지 않겠습니까."

날카로운 그의 말에도 불구하고 라캉 베자스는 유연하게 대처했다. 비궁족과 동맹을 체결하고 난 뒤 얻게 된 교섭술(交涉術)로 인해 라캉 베자스와의 사이가 확실히 껄끄러워졌다.

"그러지."

마치, 처음의 그 태도는 그를 떠보기 위함 같았다. 망설임 없이 무열은 피식 웃고는 다시 한번 라캉 베자스를 향한 말투를 바꾸었다.

'너무 오랫동안 세븐 쓰론에 있었군.'

15년.

짧다면 짧고 길다면 긴 세월 동안 무열은 세븐 쓰론에서 살았다. 전장 속에서의 삶부터 다시 회귀를 한 지금까지. 마치 현대의 삶이 오래된 과거처럼 희미하게 느껴졌다.

하지만 자신을 제외한 다른 사람들은 바로 1년 전만 해도 일반적인 생활을 하던 사람들이다.

'군주에게 충성을 다한다.'

이것이 목표가 아니다.

'살아서 돌아간다.'

바로, 이것이 목표다.

"지금처럼 잘 부탁하지."

"물론입니다."

두 사람 사이에 묘한 눈빛이 오갔다. 라캉 베자스는 무열의 눈동자 속에 담긴 뜻이 무엇인지 알고 있다는 듯 고개를 끄덕였다.

"쿠산에게 맡긴 마광산 개발은 어떻지? 어느 정도 진척이 있나?"

대륙에 단 3개밖에 없는 속성석 광산. 무열이 신수 사냥과 더불어서 42거점을 얻으려고 했던 주요한 목적.

바로, 카디훔 마광산.

"네, 42거점의 거의 모든 인부가 속성석 채취에 열을 올리고 있습니다. 현재 속성은 무작위이지만 2각석까지 채취가 가능하다고 합니다."

"좋군. 알다시피 속성석은 무척이나 중요한 재료다. 지금 주로 공방을 쓰는 사람은 리앙제뿐이니 좀 더 인원 배정을 할 필요가 있을 거야."

"알겠습니다."

"그리고 리앙제에게는 속성석을 필요한 만큼 제공해 줘. 아마도 트라멜에서 그녀만큼 그걸 잘 다룰 수 있는 사람도 없을 테니."

리앙제는 인챈터(Enchanter)로서 뛰어난 재능이 있었다. 하지만 그동안 속성 재료가 없었기 때문에 그 재능을 연습할 시간이 부족했다.

"그렇게 지시하도록 하겠습니다."

"좋아. 그리고……."

무열은 잔뜩 쌓인 서류를 훑으면서 말했다.

"지금쯤이면 휀 레이놀즈에게 서신이 갔겠지. 과연 그가 무슨 선택을 할지……."

"아마도 우리의 예상대로 선택할 거예요. 그게 우리를 죽일 수 있는 가장 좋은 방법이라 생각할 테니."

"잘도 그런 말을 쉽게 하는구나, 너는."

맞은편에 앉아 있던 최혁수는 무열의 말에 피식 웃었다.

"문제는 쉽사리 죽어줄 우리가 아니라는 거죠."

"단단히 준비를 해야 할 거다."

무열 역시 확신했다. 곧, 휀 레이놀즈와의 회담이 이뤄질 것이라는 걸.

트라멜 이후 첫 만남. 그동안의 변화는 분명 서로의 입장도 많이 바꾸어 놓았다.

'그 회담의 장소가 유혈 사태가 일어날 전장이 될지 아닐지는 가 봐야 알겠지.'

무거운 공기가 흘렀다. 궁극적인 목표는 종족 전쟁의 승리. 하지만 지금 당장은 권좌에 올라야 하기에 인간끼리 싸우게 되었으니까.

"큼, 크음."

그때였다. 라캉 베자스가 그런 분위기를 눈치챈 것일까. 낮은 헛기침을 하며 주의를 끌었다.

"참…… 이런 시국에 어울릴지 모르지만 영주님께서 자리를 비우신 동안 도시에 크고 작은 변화가 있었습니다."

회색 교장 이후, 무열은 비궁족과의 교섭까지 이루고 오느라 좀 더 시간을 소비했다. 그동안 라캉 베자스가 준비한 일. 그게 무엇인지 궁금했다.

"그게 뭐지?"

"어쩌면 지금이기에 더욱 필요한 걸지도 모르겠다는 생각이 드는군요. 일단…… 이걸 보시죠."

라캉 베자스가 손짓하자 그의 옆에 있던 최은별이 황급히 품고 있던 작은 병을 건넸다.

"음?"

기대에 찬 표정.

무열은 그 안에 들어 있는 투명한 액체를 바라보더니 의아한 듯 고개를 갸웃거렸지만 이내 곧 손가락으로 찍어 맛을 보았다.

"……?!"

그 순간, 그의 눈썹이 씰룩거리며 놀란 듯 라캉 베자스를 바라봤다.

"연병장의 병사들도 제법 군기가 잡힌 것 같습니다. 앞으로 긴 여정이 되겠죠. 그 이전에 그들에게도 약간의 휴식이 필요할 듯 보입니다만."

"양은 충분한가? 트라멜의 사람 모두에게 나눠 줄 만큼."

"어느 정도 즐길 만큼의 양은 될 겁니다."

라캉 베자스는 항상 냉철하고 이성적인 남자였다. 어쩌면 이것 역시 미래를 위한 준비라고 볼 수 있겠지만 무열은 자신이 미처 생각하지 못한 부분에는 그저 감탄할 수밖에 없었다.

"언제 이런 걸 준비하셨습니까. 정말…… 못 당하겠군요.

좋습니다. 이걸 보니 휴식을 주지 않을 수 없겠군요. 당장 연회를 준비하세요."

"알겠습니다."

라캉 베자스는 웃으며 고개를 끄덕이고는 집무실을 나갔다.

"에? 연회요? 갑자기? 그게 뭔데요?"

두 사람의 대화를 이해하지 못한 듯 최혁수는 궁금한 표정으로 물었다.

'확실히⋯⋯.'

불세출의 천재인 최혁수는 생각할 수 없어도 라캉 베자스는 생각할 수 있는 일. 최혁수는 이제 막 성인이 된 지 몇 달 안 되는 어린 나이였으니까.

무열은 그런 그를 바라보며 나지막한 목소리로 말했다.

"술이다."

"와하하하———!!!"

"와아——!!!"

밤늦은 시간까지 이어지는 환호성에 트라멜은 불야성(不夜城)이었다. 물론, 북부 7왕국이 존재하고 남부 일대에 수많은 부족이 있었기에 세븐 쓰론에도 술은 존재했다.

하지만 이건 다르다. 양조술(釀造術)의 스킬을 익혀서 만든 최초의 술이었기 때문이다.

처음으로 외지인이 만든 술. 어찌 보면 쓸데없는 짓이라고 생각할 수도 있겠지만 이런 생각을 하는 사람이 있기 때문에 타의에 의해 징집이 되었음에도 인간성을 유지할 수 있는 것 일지 모른다.

"오랜만이네요, 이런 기분도."

"그렇군."

무열은 아직 쓰기만 한 술임에도 취할 수 있음에 감사하며 술잔을 들이켰다.

"우에……."

저기 뒤에서 들리는 최혁수의 목소리. 세븐 쓰론에서 생활 한 지 어느새 1년이 넘었다. 고등학생이었던 최혁수는 대학생 이 될 나이가 되었고 이것이 처음으로 마셔보는 술이었다.

"최혁수, 알지 못하는 미래에 대한 불안감에 대해서 생각해 본 적 있나?"

무열의 질문에 단상에 있던 사람들이 모두 그를 바라봤다.

"으……."

최혁수는 쓰기만 한 술이 입에 맞지 않은 듯 인상을 쓰면서 도 스스로 성인이 되었다는 설렘에 다시 한 모금 털어 넣었다.

"이상한 질문이네요. 원래 미래는 알지 못하는 거잖아요."

"하긴, 네 말이 맞군. 애초에 질문이 될 수 없는 문제였어."

무열은 최혁수의 대답에 쓴웃음을 지었다. 어쩌면 그 역시 취한 걸지도 모르겠다.

"그럼…… 달리 기다리는 게 있으신 겁니까."

"왜 그렇게 생각하지?"

"트라멜에 돌아오신 뒤부터 시간이 될 때마다 성문을 바라보지 않으십니까."

오르도 창은 무열에게 말했다. 과연 다른 이들과 달리 자신을 오롯한 주군으로 모시는 그는 무열의 일거수일투족을 살피고 있었다.

쿠웅.

"……!!!"

그때였다.

'왔구나.'

트라멜의 성문이 갑자기 열렸다. 무열은 그 모습을 바라보며 자신도 모르게 술잔을 쥔 손에 힘을 주었다.

"허허…… 무슨 날입니까?"

중후한 목소리. 무열은 드디어 마지막 퍼즐이 끼워졌다는 것을 직감했다.

"기다렸다."

툭.

그는 들고 있던 잔을 아래로 던졌다. 그러고는 천천히 자신을 바라보는 남자의 이름을 불렀다.

"강찬석."

"네, 대장님."

오르도 창을 비롯해 단상에 있던 사람들은 생각했다.

'그렇군.'

'강찬석을 기다렸던 건가.'

'하지만 언제 돌아올 줄 알고?'

'어떻게…….'

조금 전 오르도 창이 물었던, 무열이 기다리는 것에 대한 해답은 단번에 찾을 수 있었다.

하지만 여전히 그들의 머릿속엔 의문이 남아 있었다. 그들의 궁금증이 어쨌든 무열은 강찬석의 어깨에 달려 있는 두툼한 보호대를 보며 만족스러운 표정을 지었다.

들고 있던 렐리카의 베틀 엑스가 여기저기 날이 빠져 있는 것을 보아 꽤나 험난한 퀘스트를 겪었던 게 틀림없었다.

'역시, 그걸 선택했군.'

최혁수, 윤선미.

모두가 무열이 알고 있는 전생의 직업이 아닌 새로운 2차 전직을 선택했다.

하지만 단 한 사람, 강찬석만큼은 전생과 같은, 자신이 알고 있던 직업을 선택하리라 무열은 믿어 의심치 않았다. 그는 그런 남자니까.

'전쟁은 시작이 가장 중요하다. 그리고 첫 전투가 될 그곳에 그가 없으면 안 된다.'

돌아올 것이라는 믿음.

막연해 보이지만 무열은 알고 있었다. 그가 살았던 전생(前生)에서 바로 이때쯤 강찬석이라는 이름이 대륙에 널리 퍼지는 계기가 된 전투가 있었으니까.

마가목(馬牙木)의 추락 전쟁. 되짚어 보면 그 전쟁이 있기 이전에 강찬석이란 존재는 필시 트라멜로 돌아와 있었어야 했으니까.

"출진이다."

강찬석은 한 치의 망설임 없이 고개를 끄덕였다.

"명을 받들겠습니다. 목표는 어딥니까?"

그때였다.

"영주님."

라캉 베자스는 서신 하나를 들고 그의 앞에 섰다. 그게 무엇인지 굳이 열어보지 않아도 알 수 있었다.

휀 레이놀즈의 권세로부터 온 회신(回信).

꽈악.

무열은 그 두루마리를 받아 들며 말했다.

"목표는."

새로운 전장이 정해지는 순간이다. 모두의 시선이 그의 입에 집중되었다.

"대륙의 중원(中原). 인공 섬 타투르다."

타닥.

타다닥.

난로에 모닥불의 불씨가 꺼지지 않은 새벽, 늦은 밤까지 연회가 계속 이어지고 난 뒤의 어스름이 낀 트라멜.

"……."

모두가 잠든 이 시각, 중앙 건물에 마련되어 있는 무열의 집무실만은 불이 켜져 있었다.

"거점 상점 실행."

무열이 낮은 목소리로 말하자 눈앞에 푸른색의 창이 생성되더니 손바닥만 했던 창이 순식간에 커다란 와이드 화면으로 넓혀졌다.

[거점 상점이 생성되었습니다.]

[거점 상점은 오직 도시에서만 실행할 수 있으며 소지하고 있는 마

석을 소비하여 필요한 물건을 구매할 수 있습니다.]
[모든 도시의 거점 상점에서 판매하는 무구는 동일하나 특정 조건이 만족되는 시간에 때때로 블랙 마켓(Black Market)이 열릴 수 있습니다.]

메시지창과 함께 넓게 펼쳐졌던 창이 새하얗게 빛을 뿜어내기 시작했다.

[조건 확인 완료]
[지금부터 그믐달(彎月)의 암시장이 열립니다.]
[적용 시간 : 15분]

빛이 사라지고 난 뒤, 푸른색의 창은 순식간에 검은색으로 변했다. 칸마다 들어 있던 아이템도 바뀌었고 그 밑에 쓰여 있는 마석의 가격도 달라졌다.

"흐음…… 그리고 보니 트라멜로 돌아와서 제대로 상점을 살피는 건 이번이 처음인가."

[어쩐지 들떠 있는 것 같군.]

"그래?"

무열은 쿤겐의 말에 가볍게 웃었다.

"뭐…… 누구에게나 쇼핑을 하는 건 즐거운 일이지만……."

그러고는 손가락으로 창의 옆면을 눌렀다. 그다음에는 왼쪽 위, 다음에는 오른쪽 아래, 마지막으로 대각선으로 선을 긋듯 손가락을 움직였다.

"나는 조금 입장이 다르거든."

[그게 무슨 말이냐.]

"들떠 있는 게 아니라 사실은 긴장하고 있는 거다."

[……?]

지이이잉.

건반을 치듯 유연하게 손가락을 튕김과 동시에 검은색의 창은 다시 한번 회전하더니 이번엔 책장을 넘기듯 창의 뒷면이 나타났다.

그와 함께 떠오르는 또 하나의 메시지창.

[그믐달 암시장의 뒷골목에 들어오신 것을 환영합니다.]

[이곳은 특수한 암호를 아는 자에게만 허용되는 특별한 공간입니다.]

[다양한 아이템이 구비되어 있으며 그와 동시에 위험이 따른다는 것을 명심하시기 바랍니다.]

'성공이다.'

무열은 그것을 보며 주먹을 쥐었다. 전생(前生)에서는 해볼 엄두조차 내지 못했던 일이다.

'그믐달이 뜨는 시각에 거점 상점을 오픈하는 건 사실상 큰 비밀이 아니다. 수억의 인구 중에 이 시간에 상점을 열어본 사람이야 수두룩할 테니까.'

하지만 이 암시장 뒤편에 있는 또 다른 뒷골목.

'이거야말로 진짜 히든 아이템을 구입할 수 있는 곳이지.'

창의 목록에 들어 있는 무구들은 확실히 조금 전과는 완전히 다른 것이었다.

[불멸자 칸의 전쟁 투구]

[해방된 독수]

[오염된 지배의 갑주]

[전력의 발톱]

하나하나가 S급의 아이템이었다. 아마도 세븐 쓰론의 그 어떤 사람도 이 무구들을 욕심내지 않을 수 없을 것이다.

'마음 같아서는 모두 구매를 하고 싶지만……'

한정된 마석에서 최대한 효율적인 것을 구입해야 한다.

딱.

무열이 손가락을 튕기자 그의 인벤토리가 생성되었다. 처음 세븐 쓰론에 징집됐을 때만 하더라도 단출했던 인벤토리.

그러나 이제는 만족스러운 표정을 지을 수 있게 되었다.

"으흠."

교섭술을 습득한 뒤, 무열이 가장 처음 거점 상점에서 구입한 것은 드워프의 항아리였다. 인벤토리 칸이 100개로 늘어난 지금 각종 필요한 물자를 충분히 보관할 수 있게 되었다.

또한, 대부분의 사람은 그 이후 라이딩 스킬을 구입했지만 이미 테이밍 스킬을 가지고 있는 무열로서는 카르곤보다 더 빠른 플레임 서펀트가 있었기 때문에 굳이 마석을 낭비하는 대신 무악부대에게 과거 그가 사용했던 B급 보급대를 우선적으로 보급했다.

'강찬석이 돌아온 이상 무악을 그에게 맡긴다. 계속해서 트라멜 주변의 던전을 공략해 모은 마석으로 전원 B급 보급대를 구입했으니 활용도가 높아졌다.'

전생에서는 모든 병사가 가지고 있는 것이었지만 이제 겨우 2년 차로 접어드는 시점에선 그것도 상급의 아이템이었다.

인벤토리의 개수가 늘어난다는 것은 그만큼 보급품을 많이 담을 수 있게 되어 별동대로서의 역할을 충분히 할 수 있게 된다는 의미였다.

'무악부대, 그리고 진아륜의 갈까마귀, 마지막으로 조태웅의 율도천까지. 이 세 부대는 앞으로 권좌 전쟁(權座戰爭)의 핵심이 될 것이다.'

"음?"

무열은 리스트를 내리며 확인을 하던 도중 살짝 놀란 듯한 표정과 함께 하나의 아이템에 손을 가져갔다. 그러자 또 다른 창이 튀어나오며 목록에 들어 있던 무구가 홀로그램처럼 확대되었다.

"그런가…… 이게 이곳에 있었군."

[무작위 승부사의 동전]

한쪽 면은 선택을, 다른 쪽 면은 무작위가 적힌 동전.

당신은 동전의 앞뒤를 고를 수 있습니다. 선택의 면이 나왔을 시 당신이 투자한 마석의 양만큼 원하는 보상을 고를 수 있으며, 반대쪽 무작위 면은 이제까지 없는 특별한 보상이 주어집니다.

단, 이제까지 없던 것이 꼭 쓸모가 있는 것이라고 생각하진 마십시오.

등급 : ??

분류 : ACC

내구 : 100

[소비 마석 : 상급 1개]

은색의 동전.

화폐도 아니라 딱히 아무짝에도 쓸모가 없어 보이지만 이 아이템엔 특수한 능력이 있다.

동전에는 자신이 원하는 만큼의 마석을 걸 수 있다.

마석을 많이 걸수록 더 좋은 것이 나올 수도 반대로 더 나쁜 것이 나올 수도 있다.

말 그대로 승부사.

'전생에 이걸 사용한 사람은 딱 두 명이었다. 가장 먼저 이걸 쓴 사람은 흑괴(黑怪)라 불렸던 이대범이었고 두 번째는 이강호의 다섯 제자 중 한 명인 김호성이었다.'

이 동전에 얼마나 많은 마석을 걸었는지는 알지 못한다. 하지만 분명한 건 이대범과 김호성 모두 이 동전을 통해 스킬을 얻었다는 것이다. 혈화결이라 불리는 심법을 익힌 이대범은 그 덕분에 S랭커까지 올라갔다.

'딱히 권좌에 욕심이 있는 남자는 아니었지만 종족 전쟁 때 그의 전투는 아직도 기억하지.'

심법을 익히게 되면 이마와 양어깨에 검은 불꽃이 생겨난다.

그리고 그 불꽃의 양분은 피(血).

적의 피를 뽑아 만든 불꽃이 커질수록 그 힘은 강해지기 때문에 수백, 수천의 피가 흐르는 전장만큼 그에게 완벽한 곳도 없었다.

'반면에 김호성은 실패에 가깝지. 오히려 뒤늦게 동전을 구

입했기 때문에 쏟아부은 마석도 이대범보다 훨씬 더 많았다.'

이강호의 사후(死後).

그의 뒤를 이을 제자를 찾는 과정에서 마지막 제자인 이지훈이 될 수밖에 없었던 이유.

'그가 죽고 김호성이 권좌를 잇는 것에 아무도 이견이 없었다.'

강찬석, 김호성, 윤선미, 노승현, 이지훈.

다섯 제자 중 외팔인 강찬석과 노승현이 사망했다. 윤선미는 마녀였기에 검의 구도자를 다룰 수 없었고, 때문에 모두가 당연히 김호성이 그 자리를 맡아야 한다고 생각했다.

'이 동전을 사용하기 전까지.'

소비한 마석의 개수가 많으면 많을수록 도박에 실패하면 반대로 강력한 저주를 받을 수도 있다.

'균류(菌類)의 저주'.

곰팡이와 같은 알 수 없는 포자들이 전신에 생겨나며 엄청난 가려움증과 참을 수 없는 고통을 수반한다.

각종 마법과 포션으로 억제가 가능하지만 완치는 불가능.

대륙의 검호라고 불렸던 김호성은 권좌의 주인으로서 더 강해지기 위한 마지막 도박에서 실패한 것이다.

옴짝달싹할 수도 없이 몸을 움직일 때마다 살을 긁어내는 아픔 속에서도 그는 이지훈이 검의 구도자를 이어받을 때까지 전장 속에 있었다.

'대단한 남자였지. 언젠가 그를 만날 수 있으면 좋겠지만.'

어쨌든 그만큼 '승부사의 동전'은 양날의 검인 아이템이었다.

'흐음……'

[무작위 승부사의 동전을 선택하였습니다.]

[구입하시겠습니까?]

우우우우웅…….

무열이 고개를 끄덕이자 빛무리가 천천히 테이블 앞에 생성되더니 작은 은색의 동전이 모습을 드러냈다.

'상급 1개 정도는 아까운 것도 아니다. 문제는 동전에 얼마만큼의 마석을 배팅을 하느냐인데…….'

그가 가지고 있는 마석의 수는 상급 마석 180개. 처음 목록에 봤던 무구 중에 세 개를 구입할 수 있을 정도의 숫자였다.

S급 무구 세 개.

지금까지 그 누구도 얻지 못할 엄청난 아이템이 분명하다. 하지만…….

[무작위 승부사의 동전을 던질 수 있습니다.]

[배팅한 마석의 수만큼 동전으로 얻을 수 있는 보상의 종류가 달라집니다.]
[몇 개의 마석을 거시겠습니까?]

동전에 흐릿한 연기와 함께 나타난 메시지창을 바라보며 무열은 망설임 없이 말했다.

"상급 마석 150개."

[인벤토리 내 상급 마석 150개 소지 확인]
[지금부터 승부사의 동전을 사용하실 수 있습니다.]

무열은 자신의 인벤토리에서 지금까지 모았던 마석이 사라졌음을 확인했다. 조금은 허탈한 기분이었지만 한편으로는 동전을 던진 뒤에 나올 것이 무엇인지 기대도 되었다.

핑그르르르……!!

테이블에 있는 동전을 잡아 가볍게 엄지손가락으로 튕겼다. 경쾌한 소리와 함께 동전은 반짝거리는 빛을 내며 공중으로 튀어 올랐다.

[이봐, 그렇게 아무런 생각 없이 던지면……!]

쿤겐의 당혹스러워하는 목소리를 들으며 무열은 허공에서 빙글빙글 돌고 있는 동전을 낚아챘다.

"걱정 마. 아직 시작한 게 아니니까. 어차피 앞뒤를 정하지 않으면 상관없거든."

[하여간……]

그의 반응이 재미있다는 듯 무열은 피식 웃었다.

[그런데 정말 괜찮겠나? 나는 지금까지 네가 무모한 녀석이라고는 생각했지만 단순히 운에 기대어서 아무런 계획도 없이 할 놈은 아니라고 보는데.]

"그래? 글쎄. 나는 꽤 운을 믿는데."

[으음……?]

쿤겐은 그의 말이 이해가 가지 않는 듯 되물었지만 무열은 그 이상의 설명은 하지 않았다. 대신 모두가 잠들어 있는 야심한 시각에 그는 미리 준비해 놓았던 두루마리 서신 하나를 챙기며 자리에서 일어났다.

"늦었군."

탁.

건물 안에 한 남자가 읽고 있던 책을 덮고서 창문을 바라보며 말했다. 아무도 없는 것 같던 창밖에서 놀랍게도 목소리가 들렸다.

"미안, 조금 개인적으로 고민할 일이 있어서 말이지."

"고민? 우리의 결정 아래에 수천의 목숨이 달려 있는데 고작 개인적인 일로 늦었다고?"

"오해하지 마라. 내 개인적인 일이 곧 인류의 목숨과 직결되어 있는 것이니까."

피곤한 듯 잠긴 목소리가 유리창이 없는 창밖의 남자를 나무라듯 말했다.

"여전히 화려한 등장이군. 네가 보낸 서신엔 분명 조용히 단둘이 만나자고 하지 않았던가."

"그랬지."

"그런 녀석을 타고 있으면 네가 여길 왔다고 모두에게 광고하는 것 같은데."

대화를 나누고 있는 이곳은 3층 높이의 건물. 상식적으로 있을 수 없는 일이지만 창밖으로 느껴지는 열기를 보며 건물 안에 있는 남자는 못마땅한 듯 말했다.

"어차피 시간이 되면 네가 주위를 모두 물렸으리라 생각했으니까. 그게 회담의 조건이었잖아?"

"잔꾀만 늘었군, 강무열."

무열은 그의 말에 가볍게 웃었다.

"널 믿는 거지. 그런 얕은수를 쓰는 사람은 아니라고 생각하니까."

핑그르르.

그는 마치 습관처럼 쥐고 있던 동전을 손가락으로 튕기고 잡아냈다.

"휀 레이놀즈."

그가 찾아온 이곳.

바로, 레인성이었다.

61장
행운(Luck)

"잘도 그런 서신을 보냈더군."

"딱히 놀라운 일은 아닐 거라고 생각하는데."

"놀랍지. 아니, 놀랍다기보다는 기분이 좀 상한다고 해야
하나? 회담의 장소라든지, 시간이라든지 모두 네 멋대로 정했
으니까."

레인성(城).

오직 군주만이 들어갈 수 있게 허락되어 있는 이곳은 트라
멜에 있는 무열의 집무실과는 달리 정말로 단 한 사람만을 위
해 만들어진 것처럼 화려했다.

"여기보다 더 좋은 곳을 찾기 힘드니까. 신의 가호가 깃든
성이라 명성이 자자하니까."

"하여간…… 한마디도 지지 않는군."

휀 레이놀즈는 무열의 대답에 피식 웃었다. 얼마 전까지만 하더라도 분명 트라멜을 두고 혈전을 벌였던 두 사람이었지만 의외로 휀에게 패배에 대한 복수심은 없는 듯 보였다.

"좋은 곳을 거점으로 두었군."

"나도 그렇게 생각한다."

"게다가 좋은 책사 역시 두었고 말이야. 우리 쪽에선 그다지 달가운 일은 아니지만."

"훗…… 소문이 났던가. 잘도 아는군."

무열은 그의 말에 아무렇지 않은 표정으로 말했다.

"우리 쪽 사람이 좀 신세를 졌거든."

"……?"

"조태웅."

"아아, 그 남자…… 기억나는군. 그가 네 밑으로 들어간 건가. 정말 사람 일은 모를 일이군. 앤섬의 말대로 그 자리에서 죽었던 게 나았을 뻔했어."

"너야말로 잘도 사람을 죽이는 일을 표정 하나 바뀌지 않고 말하는걸."

휀의 대답에 무열은 비소를 날렸다.

'역시…… 앤섬 하워드는 이미 그의 권세에 들어가 있는 상태인가.'

조태웅의 이야기를 꺼낸 건 바로 그의 존재 유무를 확인하기 위함이었다.

'하긴, 동맹이란 대담한 제안을 했을 때 이런 차분한 반응
이라면 이미 어느 정도 예상은 했지만.'

일반적으론 트라멜 때의 일을 상기하며 복수를 다짐하는
상태였으니까.

하지만 휀 레이놀즈의 얼굴을 보면 이미 그걸 받아들일 의
향이 있다는 걸 알 수 있었다.

'전국(全局)을 보는 눈.'

그건 쉽사리 가질 수 있는 것이 아니었다.

"그건 그렇고…… 인공 섬으로 향하려는 움직임이 보인다
는 보고가 있던데?"

"음……?"

순간, 무열은 자신도 모르게 되묻고 말았다.

트라멜에서 레인성까지는 상당한 거리가 있었다. 서펀트를
타고 와도 꽤 오랜 시간이 걸리는데 아무리 라이딩 스킬을 배
웠다고 하더라도 하늘이 아닌 지상으로 움직인다면 오늘 저
녁에 있었던 일을 자신보다 빨리 보고한다는 건 절대로 불가
능한 일이다.

시간을 배제할 수 있는 방법.

무열은 빠르게 기억을 더듬어 보았다.

'정신감응(精神感應)?'

일종의 텔레파시라 불리는 이 스킬은 로드 계열 클래스 중 단 하나. 염화령(念火令)이라는 특수한 직업을 얻었을 때만이 사용할 수 있는 고유 스킬.

하지만 거리에 상관없이 지정한 대상과 대화를 나눌 수 있는 능력 이외에 다른 특이점이 없는 염화령을 선택하는 사람은 거의 없었다.

애초에 정신감응 자체가 무리가 존재해야 빛을 발하는 것이기도 했지만 로드 클래스는 일반적인 스테이터스에 영향을 주지 않기 때문에 자신의 몸을 지킬 수 있는 능력에 조금이라도 더 도움이 되는 직업을 선택하는 것이 당연한 일이었다.

딱 한 명.

진아륜과 함께 대륙의 가장 큰 정보 단체인 이클립스의 창시자인 바이칼 가르나드를 제외하고.

그는 세븐 쓰론에서 유일하게 염화령의 직업을 얻으며 이클립스 내에서 자신만의 정보 조직, 흑익(黑翼)을 창설했다.

'어쩌면 흑익은 나름 이클립스의 전신이었던 갈까마귀에 대한 바이칼의 애정이 담긴 이름일지도 모르겠군.'

무열은 잠시 했던 생각을 거두며 다시 휀 레이놀즈를 바라봤다.

'어쨌든 정신감응은 아니다. 하이랜더의 2차 전직 스킬 중에 비슷한 능력이 있던가?'

하지만 이내 곧 그 의심도 접을 수밖에 없었다.

'아니야, 하이랜더(Highlander) 다음으로 그가 얻은 직업은 워로드(Warlord). 저 뺨에 새겨진 무늬가 그 증거다.'

무열은 휀 레이놀즈의 얼굴을 바라봤다. 그의 왼쪽 뺨에 알수 없는 점 같은 세 개의 무늬가 삼각형처럼 찍혀 있었다.

'워 로드 역시 희귀한 클래스지만 전투에 특화된 직업이다.'

그 순간, 무열의 눈썹이 꿈틀거렸다.

'그래, 그게 있었지.'

염화령이라는 특수한 직업을 얻지 않아도 비슷한 효과를 내는 스킬이 하나 더 있다.

전음(傳音).

거점 상점에서 판매하는 스킬 중에 하나로 정신감응에 비해 거리와 대상을 지정할 수 있는 숫자가 현저하게 짧지만 마석만 있다면 구입할 수 있는 메리트가 있었다.

'염화령의 고유 스킬보다는 못하지만 한 사람에게 국한 시키면 충분히 레인성과 트라멜 정도의 거리도 가능하다.'

전생(前生)에서 대부분의 군주가 필수적으로 거점 상점에서 구입한 스킬이지만 그건 지금과 같은 초반이 아닌 마석의 여유가 충분한, 인간군 4강이 정해진 시기였다.

'문제는 역시 가격이지.'

전음은 거점 상점 내에서도 교섭술이 있어도 마석의 가격을 할인할 수 없는 몇 개의 스킬 중 하나였기 때문이다.

'아마도 가격이…… 상급 마석 100개였을 텐데.'

상점이 열리기 이전에 많은 위업을 달성한 무열이었기 때문에 그 정도의 마석을 가지고 있었던 것이다.

일반적으로는 상급 마석 10개도 채 모으지 못하는 게 대부분일 것이다.

'그걸 샀나 보군. 꽤 비싼 스킬인데.'

아마도 휀 레이놀즈에 소속된 사람들의 마석을 거의 다 끌어모아서 구입한 게 틀림없다.

'정보가 힘이 된다는 건 확실히 맞는 얘기지만…….'

무열은 아무렇지 않은 척 고개를 끄덕였다.

승리를 위한 도박. 자신 역시 승부사의 동전에 마석을 투자한 것처럼 그 역시 정보라는 카드에 투자를 한 것이다.

'나쁘지 않아.'

그 말은 반대로 생각하면, 스킬을 구매하는 데 대량의 마석을 소모한 탓에 다른 것들은 사지 못했다는 의미이기도 했으니까.

휀 레이놀즈의 권세에 있는 사람들은 제대로 된 아이템을 맞추지 못했을 가능성이 크다.

'이게 그의 단점이지. 자신이 정점에서 모든 걸 혼자 하려는 생각.'

뛰어난 능력을 가지고 있지만 결과적으로 이강호에게 질 수밖에 없었던 이유가 바로 그것이다. 필요한 것이 있다면 직접 하는 게 아니고 그걸 할 수 있는 믿을 수 있는 사람을 얻으면 된다.

진아륜과 만난 이후, 이클립스(Eclipse)의 바이칼 가르나드를 얻는 게 이미 계획되어 있는 자신처럼.

"뭐…… 첩자를 두는 거야 전쟁의 기본이니 굳이 나무랄 이유는 없지."

"물론."

휀 레이놀즈는 무열의 생각을 아는지 모르는지 자신감 넘치는 표정으로 말했다.

"본의 아니게 우리 역시 타투르로 향할 예정이라 말이지."

"……."

그는 대담하게 무열에게 말했다. 권세의 목적지를 말하는 그의 목소리는 마치 이길 자신이 있다고 들렸다. 아니, 실제로도 그의 눈동자엔 자신감이 넘쳤다.

"동맹을 맺자마자 타결이 되겠군."

"훗, 누가 먼저 타투르를 가지느냐 하는 승부일 뿐이다. 우리의 목적은 남부 정벌이니까."

두 사람은 아무렇지 않게 말했지만 머릿속으로는 이미 수많은 계획이 오가고 있었다.

대륙의 중앙. 그곳을 장악해야 모든 방향으로의 교두보가 생기는 것이기 때문이었다.

"안톤 일리야 역시 지금쯤이면 타투르를 노릴지도 모르지."

"만약 그렇게 된다면? 삼파전(三巴戰)의 구도가 된다면 넌 나를 도와 남부 병력을 먼저 칠 건가?"

"물론. 그게 동맹의 조건이지 않은가. 다만, 전투의 보상으로 너와의 경쟁에서 누가 보상을 얻을지는 모르는 일이겠지만."

휀 레이놀즈는 가볍게 웃었다. 등 뒤에 칼을 품고 있는 듯 살얼음 같은 동맹은 언제 깨져도 이상하지 않을 것 같았다.

'최혁수의 말대로군.'

'앤섬의 예상대로야.'

그 순간 두 사람은 생각했다. 동맹이자 동맹이 아닌 이 상황은 결국 더 복잡한 난전을 만들게 될 것이다.

'아니, 이미 머리싸움은 시작되었다. 애초에 휀은 타투르로 향하지 않으니까.'

그의 타투르행은 속이기 위한 허수(虛手). 전생에서 그가 처음 정벌을 시작하며 흡수하는 세력은 북부 7왕국 중 하나인 타투르가 아니라 붉은 부족의 수장인 알라이즈 크리드였다.

핑그르르르……

무열이 휀 레이놀즈를 향해 작은 동전을 던졌다. 그것을 낚

아챈 그는 무슨 의미인지 알지 못해 고개를 갸웃거렸다.

"둘 다 같은 목적지라면 공평하게 동전으로 승부하는 게 어때?"

"이런 중대사를 고작 동전으로?"

"가위바위보보다는 낫지 않아? 명색이 군주인데 말이지. 최초 동맹의 제안으로 생각해."

"실없긴."

휀 레이놀즈는 무열의 말에 어처구니없다는 듯 웃었다.

"뭐, 좋다. 능구렁이 같은 네놈이 고작 이런 걸로 아무렇지 않게 타투르를 내어줄 것도 아니고 말이야. 또 다른 꿍꿍이가 있겠지."

"훗……."

"동전의 앞면으로 하지."

[무작위 승부사의 동전에 이미 배팅한 마석이 존재합니다.]

[앞면에 승부를 거시겠습니까?]

[주의 : 동전의 앞뒤를 결정한 뒤에는 타인이 던져도 결과를 바꿀 수 없습니다.]

[오직 기회는 단 한 번. 신중하게 결정을 하시기 바랍니다.]

휀 레이놀즈에게는 보이지 않는 오직 그에게만 나타나는

메시지창.

무열은 천천히 고개를 끄덕였다.

"좋다."

피잉———!!

휀 레이놀즈는 아무런 망설임 없이 동전을 튕겼다.

지금 자신의 손으로 밀어 올린 동전이 어떤 의미를 가지는지 그는 절대로 모를 것이다.

탁.

손바닥으로 지그시 동전을 누르던 그는 입꼬리를 가볍게 올렸다.

"아무래도 내가 운이 좋은 것 같군."

그는 무열을 향해 천천히 쥐었던 주먹을 펼쳤다.

"그렇군."

머리부터 발끝까지 스치는 떨림. 그는 참았던 숨을 토해냈다.

"후우. 역시 이래서 도박은 할 게 못 되는 것 같군."

"……뭐?"

승부에서 졌음에도 불구하고 아무렇지 않은 듯 말하는 무열을 보며 휀 레이놀즈는 이상한 기분에 되물었다.

"레인성의 버프(Buff). 몇 가지 버프가 있지만 눈여겨볼 만한 건 역시 성에 사는 모든 시민의 행운이 증가한다겠지."

그 순간, 무열의 등 뒤에서 강렬한 바람이 일었다.

"행운이란 요소는 참 미묘한 부분이지. 50 대 50의 확률이 51 대 49가 된다 해서 완벽한 결과를 예측할 수 있는 것도 아니거든."

"……?!"

영문을 알지 못하는 휀 레이놀즈는 그 광경에 깜짝 놀라며 그를 바라봤다.

"하지만 그것보다 더 문제는 레인성의 시민들만이 그 버프가 적용된다는 것. 아무에게나 붙잡아서 해볼 수도 있겠지만…… 성의 주인인 너에게는 버프 효과가 두 배라는 걸 알거든. 네 말대로 어울리지 않는 실없는 소리를 하느라 낯 뜨거워 고생했군."

'뭐, 뭐지?'

그는 순간 뭔가 잘못되었다고 직감했다.

촤르르륵……!!

희뿌연 연기가 사라진 순간, 무열의 등 뒤에 실크처럼 부드러운 푸른 망토가 나타났다.

"꽤 재미있는 게 나왔군."

광풍과 함께 펄럭이는 망토 뒤로 아주 잠깐이지만 그의 등 뒤에 희뿌연 인영(人影)이 나타났다 사라졌다.

"후우……."

숨을 토해내자 무열의 입에서 새하얀 입김이 흘러나왔다.

쿵– 쿵– 쿵–

걸음을 내딛는 그의 발걸음 소리가 어쩐지 처음보다 훨씬 더 크게 느껴졌다.

[크르르르르……!!!]

"동맹의 대가는 충분히 받았다. 약속대로 네가 타투르가 아닌 다른 곳을 건드리지 않는 한 너에게 양보하지."

창밖에 있던 플레임 서펀트의 머리 위로 가볍게 올라타며 무열은 그를 향해 말했다.

"하지만 말이야. 너, 애초에 타깃이 타투르가 아니잖아? 앤섬 하워드라면 절대로 내가 노린 곳을 노리려 하지 않을 거다. 네가 껄끄러운 건 안톤 일리야보다 내 심기를 거스르는 것일 테니까."

"……!!!"

그 순간, 한 방 먹은 듯 휀 레이놀즈는 할 말을 잃고 말았다.

"이…… 이 자식!!"

도대체 그가 받은 대가라는 것이 무언인지, 갑자기 생겨난 저 망토의 정체는 뭔지 알 수 없는 의문만 가득한 상황이기 때문이었다.

"강무열————!!!!!!"

황급히 그의 이름을 외쳤지만 상공을 나는 서펀트의 뒷모습은 이미 저 멀리 점처럼 멀어지고 있었다.

스아아아악……!

서펀트 위에서 느껴지는 바람은 차가웠다.

무열은 자신의 앞에 떠 있는 메시지창 하나를 바라보며 그제야 긴장했던 주먹을 풀 수 있었다.

'이거다.'

레인성의 버프를 믿었지만 두 번은 못 할 것 같은 도박. 하지만 그 성공의 대가는 엄청났다.

무열은 천천히 입꼬리를 올렸다. 그의 눈앞에서 반짝이는 메시지창엔 이렇게 적혀 있었다.

['현신(現神)의 망토'를 획득하였습니다.]

쿵– 쿵– 쿵–

대지를 울리는 발소리가 강렬하게 들렸다. 3천 명의 대군이 열을 맞춰 움직이는 모습은 지금까지 세븐 쓰론에서 본 적이 없는 장관(壯觀)이었다.

병사를 이끄는 선봉에 선 사람은 필립 로엔.

"……."

이곳에 징집되기 전까지만 하더라도 고운 선을 가진 미남자였던 그는 어느새 짙은 수염을 기른 장수가 되어 있었다.

"훌륭하군."

"물론. 네가 자리를 비운 동안 애지중지 기른 녀석들이니까. 트라멜에서 반란을 일으켰으면 아마 이들 중에 2/3는 내 말을 들었을걸."

카르곤 위에 올라타 있던 필립은 무열을 향해 말했다.

"그래?"

"그렇다니까. 너는 위험천만한 일을 겪을 뻔했다는 말이지. 고스란히 나에게 빼앗길 수도 있었다."

"설마."

"……뭐?"

경고하듯 말하는 자신의 말에 아무렇지 않게 피식 웃으며 대답하는 무열의 모습에 필립은 못마땅한 듯 입술을 내밀며 되물었다.

"널 내가 믿고 있는데 위험천만한 일이 생길 리가."

무열의 말에 잠시 뜸을 들이던 필립 로엔은 카르곤의 옆구리를 툭 치면서 말했다.

"낯 뜨거운 소리 하지 마라."

"잘 부탁한다, 필립."

"……."

"지금까지와는 전혀 다른 대전쟁이 시작될 거다. 병사들 얼굴을 하나하나 알던 소규모가 아닌 이름도 기억나지 않을 병사들이 우릴 위해 싸울 거다."

그리고 죽을 것이다.

마음 같아서는 전쟁을 일으키지 않고 권좌에 오르고 싶다. 병사는 도구가 아닌 자신의 의지와는 상관없이 이곳에 징집된 자신과 똑같은 사람일 뿐이니까.

"나는 네가 마음에 든다. 트라멜을 두고 싸울 때부터 재해를 막고 카나트라 산맥의 일까지 모두. 하지만 한 가지 잘못 아는 게 있다."

"그게 뭐지?"

"난 내가 키운 병사는 절대로 잊지 않는다. 모르지도 않는다. 얼굴 하나하나까지."

"자신감이 넘치는군."

"죽이지 않겠다고 말할 수 없겠지. 하지만 적어도 쓸데없는 죽음을 맞이하진 않겠다. 그게 내가 지금껏 자라온 로엔가(家)의 정신이니까."

무열은 그의 말에 고개를 끄덕였다.

'처음으로 치르는 대전(大戰). 분명 전생에도 이 같은 시작의 날이 있었겠지. 하지만 그때와는 명백히 다르다.'

필립 로엔. 그는 세븐 쓰론에 있는 그 누구보다 전쟁에서 사상자를 가장 적게 내는 남자였으니까.

이강호, 휀 레이놀즈, 염신위, 안톤 일리야, 최혁수, 앤섬 하워드, 정민지, 베이 신……

분명 그보다 전투에 뛰어난 자는 많다. 하지만 모든 전투를 통틀어 필립 로엔 측 병사의 사상자 수를 따지면 수비의 공손 륜보다도 더 적을 것이다.

무열은 그 이유를 이제 알 것 같았다.

이강호가 필립 로엔과 베이신을 얻었을 때는 이미 북부 7왕국을 모두 정벌한 시점이었다. 만약, 지금처럼 필립 로엔이 처음부터 이강호의 밑에 있었다면 죽은 병사의 숫자는 현저히 줄었을지도 모른다.

'창왕(槍王), 널 얻게 된 것은 정말 나에게 천운과 같은 일이다.'

그의 말대로 모든 사람을 살리겠다는 건 욕심. 자신은 신이 아닌 인간이니까.

'내가 할 수 있는 일은 최소한의 희생으로 권좌에 오르는 것이다.'

"그러기 위해선 네가 가장 중요하겠지. 내가 건 패가 확실한 것이란 걸 보여줘라."

무열의 생각을 읽은 것일까. 필립 로엔은 마치 지나가는 투로 한마디를 던지듯 말했다.

"물론."

하지만 그 스치는 말 한마디의 무게가 얼마나 큰 것인지 무열은 잘 알고 있었다.

"그러기 위해서 지금껏 준비한 것이니까."

탁.

무열이 손을 들어 올렸다.

그 순간, 발을 맞춰 걷던 병사들이 일제히 멈춰 섰다.

"바로 이 전쟁(戰爭)에서."

끄덕.

필립 로엔의 말에 무열은 천천히 고개를 끄덕였다. 본대에 앞서 선봉에 섰던 100명의 무악부대가 언덕 위에 모습을 드러냈다. 50명이었던 무악 부대는 이제 그 수가 2배가 되어 이제부터는 2개의 분대로 활동하게 되었다.

착-!! 차착--!!!

모든 부대원이 라이딩 스킬을 배워 카르곤에 탑승하게 된 지금, 이전과는 전혀 다른 기동력을 가진 기마부대의 역할을 할 수 있게 되었다.

"정지!!"

무악 제2분대. 오르도 창의 외침과 동시에 차고 있던 검을 뽑아 세로로 세워 가슴에 얹었다. 필립 로엔의 병력과는 또 다른 느낌의 절도 있는 모습.

'하긴, 내가 도움을 받은 건 단순히 필립만이 아니지.'

오르도 창이 없었다면 카르곤을 타는 법을 배우지 못했을 것이다.

카르곤은 기본적으로 거점 상점에서 살 수 있는 말과 달리 그 성격이 더 호전적이고 거칠었다. 하지만 그만큼 일반적인 말보다 더 우수한 체력을 가졌으며 더 빠르고 튼튼했다.

즉, 지금 그 어떤 권세의 기마부대보다 무열의 무악부대가 압도적인 기동성을 가지고 있다는 의미였다.

"오셨습니까."

오르도 창의 제2분대 맞은편에 서 있는 제1분대. 그들은 제2분대와 달리 도끼를 쓰는 병사들로 구성되어 있었다.

선두에 서 있는 강찬석. 그의 등에는 단단한 원형의 방패가 자리 잡고 있었다.

'드디어 완성된 건가.'

[화염 거북 등껍질 방패]
투박하게 생긴 데다 이렇다 할 특별한 능력이 있는 것도 아니지만 방어력만큼은 비교할 수 없을 정도로 단단한 화염 거북의 등껍질로 만든 방패.
등급 : B급
분류 : 방패

내구 : 100

효과 : 물리 방어력 +500

사용 제한 : 근력 수치 800 이상

꽤 오래전 나락바위에서 잡았던 화염 거북이였지만 지금까지 껍질을 세공할 수 있는 사람이 없어 묵혀두었던 것을 드디어 완성한 것이었다.

강찬석이 전투 클래스이긴 했지만 근력 수치가 800 이상이 되어야 사용 가능한 방패를 아무렇지 않게 메고 있다는 것만 봐도 태생적으로 그의 힘이 얼마나 대단한지를 알 수 있었다.

"조사는 모두 마쳤습니다."

고개를 숙이며 인사를 하는 그의 옆구리엔 델리카의 배틀 액스처럼 거대한 도끼가 아닌 특이하게 한 손 도끼가 달려 있었다.

2차 전직 이후, 부투사로 전직하면 얻게 되는 B급 에픽 아이템인 파암부(波巖斧)가 아니었다. 도끼의 양날에는 해골 무늬가 새겨져 있었다.

강찬석의 2차 전직은 무열의 기억대로 전생과 같은 부투사(斧鬪士)였지만 그 역시 과거와는 조금 달라져 있었다.

원래는 없었던 퀘스트를 발견하고 그로 인해 새롭게 얻은 강찬석의 도끼. 그건 무열도 처음 보는 무구였다.

'도살자(屠殺者) – 우르트의 문지기'.

무열이 처음 물었을 때, 강찬석은 자신의 도끼의 이름을 알려주었지만 그 이상은 함구했다. 그가 알고 있는 강찬석의 성격이라면 비밀 없이 그에게 모두 말할 것이다. 그럼에도 불구하고 얘기를 하지 않는 건 숨기는 것이 있다기보다는 제한 조건 중의 하나일 가능성이 높았다.

'저런 무기일수록 숨겨진 능력이 있지. 기대되는걸. 그가 저걸 어디에서 얻은 건지도 궁금하지만 그것보다 저 도끼가 가진 힘이 말이야.'

무구의 이름 그대로, 자신에게는 눈앞에 있는 적들을 도살할 존재도 필요했으니까.

탁――!!

차자작―――

정렬된 병사들. 아마 지금쯤이면 트라멜에서 시작된 원정 소식이 대륙 전역에 알려졌을 것이다. 아이러니하게도 3천 명의 본대(本隊)보다 그들을 기다리는 선발대의 병력이 더 거대했다.

"먼 길 오시느라 수고하셨습니다."

"훗…… 전쟁은 이제 시작일 뿐인데. 수고라 할 것이 뭐가 있겠어."

무열은 눈앞에 펼쳐진 거대한 임시 거점을 바라보며 만족스러운 듯 고개를 끄덕였다. 막사 주위를 방어하는 흙벽부터 거점의 형태까지. 이 모든 게 최혁수의 진법과 함께 이 남자의 능력이 있었기 때문이다.

북부 3가문 중 번슈타인 가문의 차남, 아론 번슈타인.

"저를 부르실 것이라고는 생각지 못했습니다. 당연히 형님께서 출진하시리라 생각했습니다."

"그래?"

"물론입니다. 형님께서 저보다 훨씬 더 전쟁에 능숙하시니까요."

아론 번슈타인은 고개를 천천히 꺾으며 대답했다. 그는 라니온가(家) 1,000명 병력과 함께 번슈타인가(家)의 1,500명의 병력, 그리고 그란벨가(家)의 900명을 이끌고 왔다.

툭.

무열은 그렇게 말하는 그의 어깨를 가볍게 두들기며 말했다.

"너 역시 희대의 명장이다. 전투는 그가 우수할지 모르나 전국을 보는 능력을 가진 장수는 그보다 더 드물다. 지금 나에게 필요한 건 전투에서 이기는 것보다 나의 병사들을 최대한 살릴 수 있는 자가 필요하니까."

"명심하겠습니다."

그의 말에 괜스레 울컥한 기분이 드는 듯 아론은 다시 한번 고개를 꺾었다.

"아, 그리고 이것을."

그러고는 등에 메고 있던 상자를 조심히 끌러 무열의 앞에 보였다.

탈칵.

상자를 열자 그 안엔 아름답게 세공되어 있는 세검 한 자루가 들어 있었다.

"사용하실 일은 없으리라 생각되지만 출전 동안 받아주시길 바란다는 튤리 라니온 님의 전언(傳言)입니다."

"홋……. 아론, 너만을 전쟁에 부른 게 그녀의 심기를 건드렸나 보군."

"함께하시지 못해 아쉬워서 그러신 걸 겁니다. 그렇지 않고서야 가문의 상징인 은빛 서슬을 보내실 리가 없겠지요."

무열은 그의 말에 가볍게 웃었다.

"어떻게 공략하실 생각이십니까? 최혁수의 말로는 저희가 오기 이전에 이미 전략을 준비하셨다고 하시던데……. 하지만 하오관(關)은 만만찮은 곳입니다."

"그렇겠지. 이미 수비 병력이 충원되었을 것이다."

"네, 아무래도 저희보다 타투르와 더 가까운 곳에 위치하고 있으니까요."

세븐 쓰론의 거대한 강인 포스나인을 중심으로 중앙 섬, 타투르로 향하는 타투르 운하.

하지만 타투르로 가기 위해서는 이 운하를 막고 있는 하오관을 통과해야 했다.

커다란 아치 형태로 되어 있는 이 관문은 특이하게 거센 물결이 흐르는 운하 위에 만들어져 있었다. 수로에서 흐르는 물이 관통하고 양옆에는 높은 벽이 세워져 있어 타투르의 수호문(守護門), 혹은 난공불락(難攻不落) 관문이라 불렸다.

아론은 궁금한 얼굴로 무열을 바라봤다.

"한때 제도왕이라 불렸던 한 남자가 있다."

"……네?"

"하지만 그 이전에 한 사람이 부하에게 배신을 당해 죽지 않았더라면 아마 그는 절대로 세븐 쓰론의 제도들을 자신의 것으로 만들지 못했을 것이라고 알려져 있지."

무열은 천천히 입을 열었다.

"쿠샨 사지드."

촤아아악———!!!

운하에서 흐르는 물소리가 들렸다.

"길은 육지만 있는 것이 아니지."

무열은 언덕 아래 흐르는 운하를 바라보며 가볍게 웃었다.

뿌우우우우우———!!

전장의 시작을 알리는 나팔 소리가 들렸다.

"……!!!"

그 소리에 아론 번슈타인은 황급히 고개를 돌렸다. 저 멀리서 다가오는 수십 개의 점. 6,500명이 집결되어 있는 이곳이었지만 무열의 병력은 이게 끝이 아니었다.

"설마……."

아론 번슈타인은 운하를 타고 내려오는 수십 척의 배를 보며 놀라지 않을 수 없었다.

수군(水軍).

인간군 4강 중 그 누구도 생각하지 않았던 한 수.

"도착했다."

무열은 고개를 만족스러운 듯 고개를 끄덕였다.

펄럭.

바람에 흔들리는 망토.

움직일 때마다 색이 변하는 기묘한 푸른빛의 망토를 바라보며 아론은 무열이 망토를 착용한 모습을 처음 본다는 걸 깨달았다.

"이걸 시험해 보기 딱 좋은 장소겠군."

"크…… 큰일 났습니다!!"

긴장감 가득한 방 안엔 수십 명의 사람이 모여 있었다.

기다란 테이블 상석에 앉아 있는 한 여자. 검은 긴 머리를 양옆으로 땋아 올린 그녀는 검은 피부와 상반된 에메랄드빛 눈동자를 가진 가졌다.

여제(女帝) 수잔 수아르. 그녀는 황급히 회의실의 문을 열고 들어온 부하를 향해 말했다.

"어떻게 되었지?"

"그, 그게……."

다급하게 외치는 수잔 수아르의 말에 부하는 어떻게 말을 해야 할지 몰라 우물쭈물했다.

"어서!!!"

"하, 하오관의 수문장 카탄의…… 전언입니다."

그녀가 다그치자 끝내 부하는 눈을 질끈 감으며 소리쳤다.

"전신(戰神)이 강림했다."

62장
하오관 전투

개전(開戰) 3시간 전.

"적군! 약 6천 병력으로 확인!!"

"······!!!"

성곽에 있는 망루에서 보고가 들려왔다.

하오관의 수문장인 카탄은 성벽 중앙에 만들어진 성루에서 심각한 표정으로 전방을 바라봤다.

"결국······."

갈래로 나뉜 운하의 언덕 양쪽으로 포진되어 있는 무열의 세력을 보며 그는 생각했다.

'흥, 가소로운 놈들. 타투르로부터 온 병력 충원으로 현재 하오관의 수비 병력은 총 3,000명. 운하와 관문이 우리에게 있는 이상 2배가 아니라 4배라 할지라도 막아낼 수 있다.

스르르릉……!!!!

그는 허리춤에 있던 검을 뽑았다.

"외지인 놈들……. 수백 년간 난공불락(難攻不落)의 명성을 유지했던 하오관을 고작 그 정도 병력으로 공략하려 하다니."

콰아아앙———!!!

있는 힘껏 검을 내려치자 성벽에 강렬한 굉음이 터져 나왔다.

카탄은 이를 악물며.

"하오관을 무시해도 정도가 있지. 녀석들에게 철의 문이 무엇인지 보여줘라!!"

번뜩이는 그의 검을 바라보며 성벽에 서 있는 병사들이 일제히 환호성을 질렀다.

와아아아아———!!!

와아아———!!!

"주군, 막사가 완성되었습니다."

아론 번슈타인은 언덕 위에서 하오관을 내려다보며 말했다.

"그래."

"확실히 하오관은 이 병력을 보고도 전의를 잃지 않는군요."

전투에 앞서 환호성이 들리는 성곽은 굳이 보지 않아도 그곳의 분위기를 알 수 있을 것 같았다.

"물론, 저들은 잘 훈련된 병사들이다. 운하의 최전선이라

할 수 있는 하오관은 타투르가 건립되고 단 한 번도 뚫린 적이 없으니까."

무열은 전생(前生)의 기억을 떠올렸다.

북부 7왕국 중, 가장 오랫동안 명맥을 유지했던 왕국인 타투르는 그 당시 이강호와 염신위, 휀 레이놀즈, 그리고 안톤 일리야 이 4개의 권세 중앙에 위치해 있었다.

그 형국은, 마치 풍전등화처럼 보였지만 사실상 그들은 4개의 권세의 비호 아래 있다고 봐야 했다.

자칫 잘못하면 3개의 연합에 괴멸을 당할 수도 있었으니까. 모두가 그곳을 노렸지만 그 누구도 쉽사리 움직일 수 없는 곳이 바로 타투르였다.

'그렇기 때문에 권세가 커지기 전에 먼저 타투르를 나의 것으로 해야 한다.'

중원을 얻기 위해 얼마나 많은 피를 흘렸는지는 누구보다 무열이 잘 알고 있었기 때문이다.

"그런데 어째서 본대의 막사엔 흙벽을 만드시지 않으시는 겁니까? 병력이 증가했지만 이런 구조라면 뒤를 잡힐 위험이 있습니다."

"필요 없으니까."

타투르를 차지하기 위해 통과해야 할 관문이 바로 눈앞에 있는 하오관.

"이미 방어 병력이 충원되었고 우리가 움직였다는 건 북부 뿐만 아니라 남부에도 닿았을 것이다. 남부 5대 부족의 병력 이 안톤 일리야를 견제하고는 있지만 스킬을 가진 외지인과 토착인의 전투력은 근본적으로 격차가 심하다."

아론은 무열의 말에 씁쓸한 표정을 지었다. 자신의 형인 벤 퀴스 번슈타인의 용공검(龍攻劍)은 스킬과 비견될 수 있는 강력 한 검술이지만 그것을 익히기까지 얼마나 많은 수련을 해야 했는지를 누구보다 혈육인 그가 잘 알고 있었다.

"기껏해야 우리에게 주어지는 시간은 보름 남짓."

"보, 보름이라면……."

트라멜에서 타투르까지 쉬지 않고 걸어서 이동한다 하더라 도 불가능해 보였다.

"말했듯이 외지인과 토착인은 근본적인 차이가 있다. 비록 너희가 훈련법을 통해 신체를 강화했지만 그 시간이 부족하 다. 하오관을 통과하고 난 뒤엔 네가 가져온 3천의 병사는 이 곳에 주둔하며 휀 레이놀즈의 움직임을 견제할 것이다."

"아……."

중원을 장악하는 것은 속도전(速度戰).

아론은 무열의 말에 그제야 성벽을 쌓지 않는 이유를 알 수 있었다.

"단번에 하오관을 함락시킨다."

좌르르륵———!!!

그 순간, 무열의 옆에 있던 최혁수는 지도를 펼쳤다. 그러고는 작은 부채를 들어 착! 하는 소리와 함께 접으며 지도 위에 한곳을 가리켰다.

"쿠샨 사지드의 함선이 이곳에서 대기하고 있습니다. 아직 하오관에서는 보이지 않을 거예요."

42거점에서 건조된 열다섯 척의 함선. 세븐 쓰론에서도 보기 힘든 조선(Shipbuilding) 스킬을 가진 쿠샨과 더불어서 번슈타인과 라니온 가문의 조선공들이 힘을 합쳐 만든 배들이었다.

"쾌속선이라 하오관까지 빠르게 도달할 수 있을 겁니다. 갑판 선두에는 기름을, 그리고 다섯 척 뒤 중앙 선박에 선미 누나가 타고 계세요."

"좋아."

최혁수는 부채를 쭉 따라 움직이며 지도에서 하오관을 가리키며 말했다.

"문제는 운하에 박혀 있는 하오관의 성문을 정확하게 부수는 것이에요. 안개의 진으로 최대한 함선을 가리겠지만 그들의 방어선을 그대로 뚫기 어렵겠죠. 선미 누나의 마법으로 기름이 들어 있는 함선을 불태워도…… 아마 제대로 폭발하는 건 다섯 척 중에 하나 정도일 거예요."

"약점은?"

"음…… 아무래도 성문을 여는 도르래가 있는 왼쪽이겠죠. 도르래가 풀리고 잠금장치가 열리면 한 척 분량의 폭발로도 성문은 쉽게 부서질 거예요."

최혁수는 살짝 입꼬리를 올리며 아쉬운 듯 혀를 차며 말했다.

"문제는 타이밍이겠죠."

"걱정 마라. 그건 내가 해결해 줄 테니."

"네?"

가만히 듣고 있던 아론 번슈타인은 막힘없는 두 사람의 계획에 혀를 내두를 수밖에 없었다.

"어떻게……. 성문의 장치가 성 왼편에 있다는 것을 아시고 계시는 겁니까?"

하지만 그와는 달리 최혁수는 기대하는 듯 입꼬리를 올렸다.

"트라멜에서 굳이 본대와 선발대를 나누어서 이동한 것은 단순히 막사를 건설하기 위함이 아니에요. 오히려 비슷한 숫자의 병력이라면 본대가 오기 전에 적과의 충돌로 인해 위험할 수도 있었으니까."

"그러면……?"

"눈속임."

최혁수는 지도 위로 가볍게 손목을 저었다. 그 순간, 지도의 평면적인 그림들이 홀로그램처럼 생성되었다.

"마법 지도……?!"

아론은 그 광경에 깜짝 놀랐다. 하지만 그보다 더 그를 놀라 게 만든 것은 자신이 서 있는 두 곳의 언덕에 두 개의 눈동자가 표시되었기 때문이다.

"만약 정말 전투를 위함이라면 조금 더 가까운 곳에 본진을 세웠을 거예요. 하지만 우리가 원하는 건 전투가 아니죠."

각 언덕에 포진되어 있는 3천의 병력. 하오관은 그 보고를 듣자마자 타투르에 지원 요청을 했다. 그 덕분에 딱 한 번. 지원군을 받아들이기 위해 난공불락의 관문이라 불리던 하오관의 문이 열린 것이다.

"적군의 이목을 집중시키게 한 것은 사실 이것을 위함이었습니다."

그때였다.

파앗———!!!

무열이 감았던 눈을 뜨자, 홍채가 작아졌다 커졌다를 반복하더니 어느 순간 그의 눈이 온통 검은 눈동자로 뒤덮였다.

"……!!!"

불멸회 초대(初代) 마법 – 우월한 눈.

무열의 시야가 순식간에 줌인이 되듯 저 멀리 보이는 하오관의 성벽을 향해 점차 확대되기 시작했다.

100m, 200m…… 500m…… 2㎞.

마치, 코앞에서 바라보는 것처럼 그의 눈에 성루에 서 있는 카탄의 얼굴이 보였다. 그다음에는 풍경이 점차 멀어지면서 마치 하늘에서 내려다보는 것처럼 하오관의 전경이 모두 보였다.

[한계 높이 500m에 도달하였습니다.]
[타깃과의 한계 거리 이상 떨어질 수 없습니다.]

무열은 자신의 시야에 표시되는 붉은 경고 창을 바라보며 손가락을 튕겼다.

그의 시야가 다시 한번 움직였다. 반대편 성곽이 보였고, 또다시 그 반대쪽으로, 그리고 마지막 성곽까지 모두 훑고 지나갔다. 마치 사진을 찍듯 하오관의 내부를 하나하나 눈에 새기던 무열은 마지막으로 담담한 목소리로 말했다.

"충분해."

즈아아앙……!!

그 순간, 홀로그램 지도 위에 생성되는 메시지창.

[지도 공유(Map Sharing)가 가능합니다.]
[지도의 내용을 추가하시겠습니까?]

"죽어라 지도 공부를 한 보람이 있네요."

창을 바라보며 최혁수는 피식 웃으며 창의 버튼을 눌렀다.

[지도 공유(Map Sharing)가 끝났습니다.]

[하오관의 세부 지도가 저장되었습니다.]

[지도 확대를 하시겠습니까?]

홀로그램 위로 만들어지는 하오관의 모습을 보며 아론 번 슈타인은 믿을 수 없다는 표정이었다.

"이게 어떻게……."

"갈까마귀가 모두 제자리에 위치하고 있군. 잠입이 쉽지 않았을 텐데."

"알아서 녀석들이 문을 열어주었는걸요. 그러기 위한 선발대니까요. 눈앞의 대군을 맞이해서 타투르에서 원군이 올 때를 노려 몰래 잠입했죠. 갈까마귀들의 은신이라면 보초 몇 명의 눈을 속이는 것 정도야 식은 죽 먹기니까."

무열은 조금 전 카탄의 등 뒤에서 숨을 죽이고 서 있는 진 아륜의 모습을 떠올리며 가볍게 웃었다.

예상대로였다. 불멸회에서 얻은 초대 마법인 우월한 눈이 전장의 판도를 뒤집어 놓을 것이라던 자신의 생각이.

'지정한 자의 위치를 알 수 있는 마법. 단순히 동료의 위치

를 확인하는 용도로밖에 쓸 수 없을 것 같지만 그 동료가 암살자라면 다르지.'

트라멜에서 출진을 알리고 선발대가 움직이기 이전, 진아륜과 천륜미의 갈까마귀들은 그 이전부터 하오관을 향해 달렸다.

선발대가 도착하는 시점에서 이미 그들은 하오관 주변에 매복을 하고 있었고 강찬석과 오르도 창, 그리고 최혁수의 병력이 도달했을 때 그들은 하오관에 숨어들어 무열의 눈이 되기를 기다리고 있었다.

"마법의 힘이란 말입니까? 대단하군요."

"수천 명의 적진 한가운데에 고작 50명으로 며칠을 기다리고 있던 자들이다. 이건 마법의 힘이 아니라 목숨을 건 저들의 위대함이겠지."

무열은 완성된 하오관의 지도를 바라보며 최혁수와 아론 번슈타인에게 말했다.

"출진(出陣)이다."

콰아아아앙———!!!!!
콰가가강———!!!

"어떻게……."

수백 년간 단 한 번도 외적의 침입을 허락하지 않았던 난공불락의 관문에서 피어오르는 불꽃.

운하를 지키던 서른 척의 함선이 불타 수면 아래로 점차 가라앉고 있었다.

"모두 공격하라!!"

상공에서 들려오는 강인한 목소리.

실로, 한순간이었다.

시작은 갑자기 피어오른 안개. 그 속에서 운하를 타고 내려온 함선들이 일제히 폭발하며 함선들을 불태웠다.

하지만 그 피해는 크지 않았다. 문제는 그 뒤에 있던 녹색의 구슬들이 터지는 순간 아군 함선 안에 있던 병력이 독에 중독되어 즉사(卽死)하면서부터였다.

으악……!!

아아악……!!

귓가에서 아직까지도 병사들의 비명이 들리는 것 같았다. 너덜너덜해진 성문은 이미 제 기능을 발휘하지 못하고 함선을 타고 들어오는 적군을 모두 받아들이고 있었다.

보초를 몇 겹이나 세웠음에도 불구하고 일제히 성문을 여는 도르래의 병사들이 죽임을 당하고, 기름이 담겨 있던 함선중 한 척이 그대로 성문으로 돌진한 것이다. 폭발과 함께 단단하기 그지없었던 성문은 도르래의 연결 부위가 날아가며 어이없게 무너졌다.

"네놈……!!"

플레임 서펀트의 머리 위에 팔짱을 낀 채로 전장을 내려다보는 무열을 바라보며 카탄은 지금껏 느껴보지 못한 절망을 느꼈다.

"무악 제1분대!! 돌진하라!!"

강찬석이 두툼한 방패를 들고 카르곤의 위에서 하오관을 향해 쇄도했다. 그의 뒤를 따라 오르도 창의 제2분대가 성벽을 타고 궁수들의 목을 베었다.

군더더기 없는 완벽한 연계. 비록 100명밖에 되지 않는 소수였지만 트라멜에서 고르고 고른 정예인 그들은 하나같이 C랭커 이상이었다.

일반 병사들이 당해낼 수 있는 수준이 아니었다.

빠득.

밀려오는 적군을 보며 망연자실한 카탄은 이를 갈았다.

그때였다.

"으아아악……!!!"

"아악……!!"

성루에 서 있던 병사들이 일제히 비명과 함께 피를 뿌리며 쓰러졌다.

"……!!!"

카탄은 황급히 고개를 돌렸다. 그림자 속에서 서서히 모습을 드러내는 복면을 쓴 남자들.

"어…… 언제……."

날카로운 단검에 묻은 피를 닦아내는 갈까마귀들을 바라보며 그는 자신도 모르게 뒷걸음질 쳤다.

"후우, 며칠을 꼼짝 않고 서 있느라 죽는 줄 알았다고."

뻐근한 듯 목을 꺾으며 하는 진아륜의 말에 카탄은 등골이 오싹해지는 기분이었다.

자신의 일거수일투족을 모두 지켜보고 있었다는 두려움.

툭.

그때였다. 허리에 닿은 누각의 벽에 그는 더 이상 물러날 곳이 없다는 것을 알았다.

"하오관 수문장, 카탄."

뒤에서 들려오는 낮은 목소리. 차갑고 날카로운 쇠붙이가 자신의 목에 닿자 그는 그것이 검이라는 것을 단번에 깨달았다.

"네게 묻는다. 문이란 무엇이지."

이미 패배는 확실시되었다. 카탄은 그것을 받아들이듯 두 눈을 감은 채 뒤도 돌아보지 않고서 말했다.

마지막으로 할 수 있는 것이라곤 무인으로서의 명예를 지키는 것.

"지키는 것이다."

서걱.

카탄의 목이 무열의 검에 의해 떨어졌다. 한 치의 망설임도 없이 그는 적장의 목을 들어 관문 아래 전투를 벌이는 병사들을 향해 손을 뻗었다.

장군의 죽음을 확인한 순간, 하오관의 병사들은 더 이상 싸울 전의를 잃고 들고 있던 무구를 바닥에 떨어뜨렸다.

무열은 그들을 바라보며 마치 카탄에게 말하듯 담담한 목소리로 중얼거렸다.

"우리에겐 그저 통과하기 위한 길에 불과하다."

to be continued

SUPER ACE
슈퍼에이스

예성 장편소설

야구 선수의 프로 계약금이 내 꿈을 정했다.

"왜 야구가 하고 싶니?"

"돈을 벌고 싶어요!
집을 살 수 있을 만큼!"

시작은 돈을 벌기 위해서였다.
하지만 이제는 꿈의 그라운드를 위해서
메이저리그 명예의 전당을 노린다!

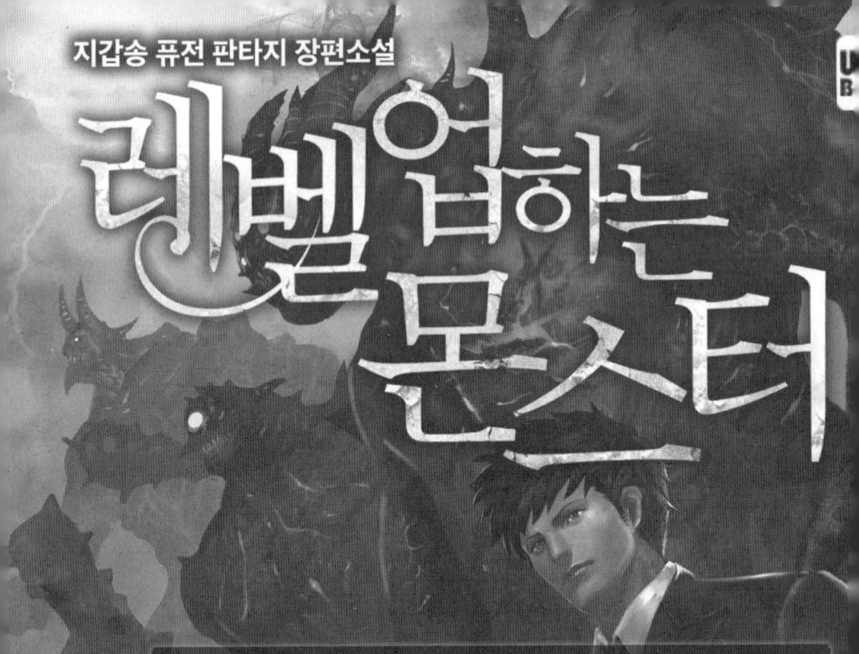

[특성개화 100% 완료]

시스템 활성화
특성 개화로 인하여 종족 변경:
인간 ➡ 몬스터

인간과 몬스터가 공존하는 현대.
갑작스런 특성의 개화.
기사도 사냥꾼도 아닌 몬스터로 종족이 변했다!
더 이상 인간으로 생활이 불가능한 상황!

"도대체 뭘 어떻게 하면 되나고!"

처절하게 레벨을 올려야
사람으로 살 수 있다!